Béatr

George Sand

isbn 2-914935-15-3

adpf association pour la diffusion de la pensée française •
6, rue Ferrus 75014 Paris

Avant-propos

Le ministère de la Culture et de la Communication a inscrit le bicentenaire de la naissance de George Sand au titre des célébrations nationales en 2004.

De nombreuses manifestations en France et à l'étranger seront organisées pour célébrer une femme exceptionnelle qui de son temps exerça une grande influence, en particulier en raison de ses engagements sociaux, et dont l'œuvre, aujourd'hui injustement méconnue, rencontra un grand succès national et international.

Le ministère des Affaires étrangères et son opérateur pour l'écrit, l'association pour la diffusion de la pensée française, remercient madame Béatrice Didier, directrice du département littérature et langages à l'École normale supérieure, d'avoir assumé la responsabilité d'un livret bio-bibliographique qui, destiné en particulier aux établissements culturels français à l'étranger, rappellera la singularité de la vie d'Aurore Dupin, amie de Musset, Liszt, Balzac, Hugo, Chopin, Delacroix, Flaubert, et l'importance de l'auteur de tant de contes, nouvelles, romans, pièces de théâtres et d'une exceptionnelle correspondance, qu'il faut lire et relire.

Yves Mabin
Chef de la Division de l'écrit et des médiathèques,
ministère des Affaires étrangères

François Neuville
Directeur de l'association pour la diffusion de la pensée française

Béatrice Didier est professeur à l'École normale supérieure (rue d'Ulm, Paris) ; elle est l'auteur de nombreux essais (*Le Journal intime, L'Écriture-femme...*), sur la littérature française du XVIIe et du XIXe siècle, en particulier Stendhal et George Sand, dont elle a établi l'édition de divers romans. Elle a publié en 1998, aux PUF, un ouvrage dont le titre s'inspire de Flaubert : *George Sand écrivain. Un grand fleuve d'Amérique*. Elle dirige chez Honoré Champion l'édition des œuvres complètes de George Sand, qui n'avait jusqu'à présent jamais été réalisée.

adpf association pour la diffusion de la pensée française ●

Ministère des Affaires étrangères
Direction générale de la coopération internationale et du développement
Direction de la coopération culturelle et du français
Division de l'écrit et des médiathèques

Les traductions anglaise et espagnole de cet ouvrage sont disponibles sur www.adpf.asso.fr

Sommaire

Prélude

Qui a peur de George Sand? Les réactions déplaisantes d'un Baudelaire sont peut-être la preuve la plus flagrante de cette angoisse qu'elle a suscitée. La femme-auteur pendant longtemps a fait peur, surtout si elle ne renonçait pas à être femme. Sa gloire fut dès le début auréolée de scandale. Ce qui peut paraître étonnant, car enfin nombreuses furent, au cours de notre XVIIIe siècle, les femmes-écrivains ayant eu des amants; mais entre-temps la Révolution est intervenue, fort peu féministe, il faut bien en convenir; puis l'Empire, la Restauration et le règne de Louis-Philippe accusèrent une nette régression de la libération de la femme. Et la rumeur publique possède au XIXe siècle, avec le développement de la presse, des moyens médiatiques pour orchestrer le scandale, moyens que n'avait pas le siècle précédent. Pendant longtemps la critique littéraire, influencée par toute cette rumeur, s'est obstinée à voir en George Sand la maîtresse de Musset ou de Chopin, au lieu de voir en elle, comme nous le faisons aujourd'hui, un grand écrivain. Ce qui explique une relative désaffection pour son œuvre. Pourtant, dès son vivant, un Balzac, un Flaubert et bien d'autres la considèrent comme leur pair. À l'étranger son influence a été considérable, par exemple sur Dostoïevski et sur le roman russe, sur le roman italien également. Elle a été invoquée par toutes celles qui voyaient en elle une libératrice.

Dans les premières années du XXe siècle, Alain et surtout Marcel Proust la considèrent comme un grand écrivain. Puis, grâce à de nombreux travaux qui ont marqué la deuxième moitié du siècle dernier, l'image de George Sand et de son œuvre s'est précisée. Rendons d'abord hommage à l'édition par Georges Lubin de la *Correspondance*, en vingt-six gros volumes, qui nous permet d'apprécier au jour le jour la vie de George Sand, bien différente des simplifications dont elle a été la victime, de voir aussi son incroyable capacité de travail et de suivre dans les grandes lignes l'élaboration de ses ouvrages. Notons également l'effort éditorial qui a été fait, quoiqu'il reste insuffisant. Aucun éditeur jusqu'ici n'a donné une édition des œuvres complètes : Honoré Champion est le premier à se lancer dans cette entreprise qui prendra plusieurs années. L'Université s'est mise à étudier sérieusement cet écrivain : l'université de Grenoble, avec les travaux de L. Cellier et L. Guichard, suivis par leurs disciples, l'université de Vérone, avec A. Poli, celles de Paris VII, d'Amsterdam, de Hanovre, les universités américaines... Et pourtant il reste tant à faire.

Ses romans, écrits avec une facilité qu'on lui a reprochée, se lisent aisément ; pourtant il est difficile d'appréhender l'ensemble de son œuvre, et d'abord en raison de son ampleur. Bien rares sont ceux qui peuvent se vanter d'avoir lu ses quatre-vingt-dix romans, ses écrits autobiographiques, son théâtre, ses articles, sa correspondance : il y faudrait une vie. On préfère donc rééditer ce que tout le monde connaît, par exemple les romans dits « champêtres », et faire l'impasse sur le théâtre, jugé à tort injouable. Il est plus facile de s'en tenir à quelques images de George Sand transmises par les générations précédentes : femme fatale, puis « bonne dame de Nohant ».

Dans la mesure où elle a suscité et suscite encore des interprétations passionnées, il est difficile aussi d'avoir une vue relativement objective et de ne pas projeter sur elle nos schémas du XXIe siècle. George Sand féministe ? certains trouveront qu'elle ne l'est pas assez. Il est dangereux de l'annexer à nos féministes des années 1970 ; la libération de la femme qu'elle demande est finalement assez limitée, acceptant volontiers que les femmes de toutes les catégories sociales n'aient pas le même statut. Mais il faut replacer sa lutte dans son époque, non dans la nôtre. George Sand socialiste, amie de Pierre Leroux, favorable à 1848, y œuvrant même ? Mais on trouvera ce socialisme timide, on lui reprochera son attitude pendant la Commune. Là encore, il faut rétablir les perspectives : elle n'a pas le même âge en 1848 et en 1871 ; elle a vécu au jour le jour des événements que nous connaissons globalement et *a posteriori,* et sur lesquels nous pouvons avoir une autre manière de voir que les contemporains.

Ce qui déroute aussi, c'est que George Sand s'est renouvelée au cours de sa longue existence, qu'elle a pratiqué des genres bien différents et qu'il est difficile de la faire entrer dans des catégories délimitées. Elle a été lue, pendant tout le XIXe siècle, par un très large public. Est-elle une romancière populaire, à la façon d'Eugène Sue ? oui et non. Est-elle créatrice de formes nouvelles ? plus qu'on ne le croit. Est-elle soucieuse de son style, ou écrit-elle, comme on l'a affirmé, ce qui lui passe par la tête ? l'étude de ses manuscrits prouve que, même si elle n'apporte pas aux corrections le même soin qu'un Flaubert, elle travaille, retouche, améliore beaucoup plus qu'on ne l'a dit.

Avez-vous lu George Sand ? Ce petit livre voudrait vous inciter à le faire et notamment à vous aventurer (même si une lecture intégrale est presque impossible) vers des œuvres moins connues. Vous aurez ainsi une idée de cette abondance, de cette variété, de cette générosité d'écriture qui caractérisent celle que Flaubert comparait à « un grand fleuve d'Amérique ». Mettant l'accent plus sur les écrits que sur la vie, nous suivrons un ordre chronologique dans ses grandes lignes, mais en opérant des regroupements par genres pour aider à saisir à la fois la complexité et la cohérence de l'œuvre.

1 Naître

Les origines familiales

George Sand aimait insister sur le fait que par ses origines mêmes elle appartenait à deux milieux très différents. L'aristocratie du côté paternel, le peuple du côté maternel. Dans cette période post-révolutionnaire où l'on rêve de réconciliation sociale, elle voit dans ses origines comme le symbole de cette alliance des extrêmes qui lui permet d'être l'héritière de toutes les virtualités d'une nation. Amandine-Aurore-Lucile Dupin est née le 12 messidor an XII (1er juillet 1804), 15 (actuellement 46), rue Meslée ou Meslay, à Paris. Par son père, elle descend de Maurice de Saxe, le héros de Fontenoy et d'autres victoires, qui devint maréchal de France. Il eut une fille naturelle de Marie Rainteau : Marie-Aurore, la grand-mère de George Sand ; élevée chez les dames de Saint-Cyr, elle épousa Louis-Claude Dupin de Francueil, qui avait soixante et un ans quand elle en avait vingt-neuf, et avec qui elle fut très heureuse, comme elle le confiera à sa petite-fille. Issu de la haute finance, celui-ci la laissa veuve trois ans avant la Révolution, avec une fortune assez importante. En 1793, elle achète le domaine de Nohant, mais est emprisonnée quelque temps sous la Terreur. Son fils, Maurice Dupin, né en 1778, rêvait de gloire militaire et s'engagea dans les armées de la République. Il se distingua durant la campagne d'Italie, en particulier à Marengo. C'est en Italie aussi qu'il rencontra Antoinette-Sophie-Victoire Delaborde, alors maîtresse d'un adjudant-général. Les origines modestes, le passé un peu trouble de la jeune femme amènent Maurice à garder secret son mariage célébré le 5 juin 1804, un mois avant la naissance de la future George Sand.

La carrière militaire de Maurice Dupin se poursuit avec la Grande Armée : campagnes de Bavière, de Prusse, de Pologne et d'Espagne (où il est aide de camp du prince Murat). Sa femme, de nouveau enceinte, l'y rejoint avec la petite Aurore qui a quatre ans. Comme Victor Hugo, George Sand a donc eu sa petite enfance marquée par l'épopée napoléonienne et la terrible guerre d'Espagne. Des images qu'ils ne purent oublier furent gravées dans la mémoire de ces tout jeunes enfants qui deviendront de grands écrivains romantiques. Fin juillet 1808, retour à Nohant, suivi de deux événements douloureux : en septembre meurent le petit frère, âgé d'un mois, et le père de George Sand, à la suite d'une chute de cheval près de La Châtre.

L'écrivain consacrera une bonne partie de l'*Histoire de ma vie* à raconter l'histoire de ses parents, et surtout celle de son père. Cette entente des classes sociales dont elle rêve, elle en ressent pourtant les difficultés dès son enfance, et douloureusement. En effet, la grand-mère, Mme Dupin de Francueil, soucieuse de prendre en main l'éducation de la petite fille, obtient de sa mère qu'elle se désiste de la tutelle. La future George Sand passera son enfance à Nohant, avec quelques brèves visites de sa mère, qu'elle voit davantage lorsque sa grand-mère fait des séjours d'hiver à Paris. L'enfant se sentit déchirée entre deux mères, en quelque sorte, les aimant toutes deux, mais ressentant leur profonde inimitié. L'autobiographe sera alors tentée par diverses voies : idéaliser l'amour de ses parents, leur roman d'amour en Italie et sa naissance (« Ma mère avait ce jour-là une jolie robe couleur de rose, et mon père jouait sur son violon de Crémone », un conte de fées !), mais aussi traduire la vraie souffrance qui fut la sienne par la suite et disculper sa mère d'un quasi-abandon dû peut-être davantage à la supériorité économique de la grand-mère qu'à ce qu'elle ne peut se représenter comme de l'indifférence. George Sand, qui en général rature peu ses manuscrits, laisse paraître cet embarras devant l'image de sa mère par l'écriture torturée des passages qui la concernent.

Elle veut aussi, en toute justice, confesser sa dette envers cette grand-mère dont la forte personnalité l'a marquée. Grâce à elle, George Sand a connu l'Ancien Régime, encore tout proche chronologiquement, mais que la rupture de la Révolution a brusquement relégué très loin dans le passé. Par ailleurs Nohant est son véritable ancrage. Elle voyagera, elle vivra à Paris, mais toujours elle éprouvera le besoin, tel Antée, de reprendre force dans cette terre de l'enfance où elle désirera fixer sa dernière demeure. C'est à Nohant qu'elle éprouva cette passion pour la campagne et plus précisément pour le Berry, qui servira de cadre à nombre de ses romans. Elle s'y constitue aussi cette forte santé qui ne l'abandonnera guère. Jean-Louis-François Deschartres, qui avait été le précepteur de son père, devient le sien, et la formation intellectuelle d'Aurore, quoiqu'un peu désordonnée, est au total plus solide que celle que reçoivent alors la plupart des jeunes filles. La bibliothèque de sa grand-mère, qui a connu Jean-Jacques Rousseau, est fournie, et la petite fille y satisfait cette passion de la lecture qui ne la quittera pas. Sa grand-mère joue du clavecin et chante ; c'est grâce à elle qu'elle acquiert les fondements d'une éducation musicale plus sérieuse que celle de beaucoup d'écrivains romantiques. Mais dans l'*Histoire de ma vie*, elle tient à rappeler que sa mère appartenait à une famille d'oiseleurs, que l'oiseau est en quelque sorte son totem : la grand-mère, c'est la musique savante, la mère, c'est la musique de la nature, la musique populaire aussi ; nous retrouverons ces deux aspects du domaine musical dans son œuvre, et nous verrons comment Consuelo les concilie.

À l'époque, toute bonne éducation se doit de comporter un passage dans un couvent de religieuses. Mme Dupin de Francueil envoie donc sa petite-fille chez les dames augustines anglaises de la rue des Fossés-Saint-Victor (l'actuelle rue Cardinal-Lemoine). Elle y apprend un peu d'italien et d'anglais, mais surtout elle y noue des amitiés et acquiert le goût pour la correspondance : ces jeunes filles s'écrivent entre elles des lettres qui sont de vrais romans. C'est probablement aussi dans ce couvent que naît chez la jeune Aurore ce rêve monastique tenace et qui reparaît dans son séjour à Majorque, dans *Lélia* et dans *Spiridion*. Elle traverse une crise mystique ; par la suite, si indépendante qu'elle se montre à l'endroit des Églises, la romancière demeurera sensible au phénomène religieux et sera capable de créer des personnages de moines et de religieuses ; sa foi en Dieu ne la quittera guère, mais un Dieu qui sera davantage celui de la *Profession de foi du vicaire savoyard* que celui de l'Église de la Restauration.

La grand-mère, fille des philosophes des Lumières, peut-être inquiète de ce mysticisme, ou éprouvant simplement le désir de revoir sa petite-fille chez elle, la fait revenir à Nohant. La future George Sand y poursuit ses lectures d'écrivains du XVIIIe siècle, mais aussi d'œuvres plus récentes : *Atala*, *Génie du christianisme*… Mme Dupin de Francueil, qui se sentait malade, aurait voulu marier sa petite-fille avant de mourir ; mais elle n'y parvint pas. Après son décès (26 décembre 1821), la mère d'Aurore tente de reprendre de l'autorité sur sa fille, mais elle est maladroite et ne comprend pas les curiosités intellectuelles. Les retrouvailles de la mère et de la fille se soldent par un échec. Invitée par les du Plessis, des amis de son père, dans leur propriété près de Melun, Aurore y fait la connaissance de Casimir Dudevant, issu comme elle d'une mésalliance (entre un baron d'Empire et une servante) ; cette coïncidence n'aboutit pas cependant à créer une communauté d'esprit et de sensibilité. Leur mariage (célébré le 17 septembre 1822) sera un désastre. Neuf mois plus tard naît Maurice, le fils tant aimé, celui en qui l'on a pu voir le « véritable amour de George Sand ». Mais cette naissance ne suffit pas à rapprocher des époux que tout sépare.

Les premières années du mariage révèlent leur incompatibilité, qui éclate aussi bien quand ils sont à Nohant que lorsqu'ils voyagent. En juillet-août 1825, ils vont dans les Pyrénées, dont Aurore découvre avec enthousiasme les paysages grandioses. Elle y fait la connaissance d'un jeune avocat bordelais fort séduisant, Aurélien de Sèze. En 1827, elle fait une cure aux eaux du Mont-Dore : elle souffre en effet de ce que nous appellerions aujourd'hui des troubles psychosomatiques. Elle va également consulter un médecin à Paris, où elle retrouve Stéphane Ajasson de Grandsagne, fils de famille noble rencontré à Nohant six ans auparavant. Et comme sa fille Solange naîtra le 13 septembre 1828, on peut supposer qu'il est le père de ce second enfant. Le ménage Dudevant est tout à fait désuni. Casimir courtise les servantes, boit, se révèle brutal, et la jeune femme mène une vie de plus en plus indépendante. Les époux finalement se mettent d'accord sur un *modus vivendi* : Casimir restera à Nohant, Aurore vivra la moitié de l'année à Paris.

La naissance de l'écrivain

Pendant cette période assez troublée de son existence, elle s'était mise à écrire et d'abord des journaux ou des récits de voyage : *Voyage chez M. Blaise*, *Voyage en Auvergne*, *Voyage en Espagne*, mais aussi les *Couperies*, et une nouvelle, *La Marraine*. Quand, le 4 janvier 1831, elle quitte Nohant pour rejoindre à Paris son amant Jules Sandeau, elle emporte un roman qui restera inachevé, *Aimée*.

Quoiqu'elle fasse preuve d'un don évident pour le dessin, dont témoignent les portraits qu'elle a réalisés, elle se consacre désormais à l'écriture, mais il lui faudra conquérir son autonomie. Elle écrit avec Jules Sandeau *Le Commissionnaire,* qu'ils signent « Alphonse Signol »; puis ils signent « J. Sand » *Rose et Blanche ou la Comédienne et la Religieuse,* qui présente déjà plus d'intérêt. La question de savoir ce qui revient à Aurore et ce qui revient à Sandeau est délicate. Mais la critique la plus récente a tendance à attribuer une part de plus en plus grande à la future George Sand.

Elle fait la connaissance de Henri de Latouche, berrichon, directeur de ce qui n'est alors qu'un petit journal, *Le Figaro.* « Latouche [...] me jetait un sujet et me donnait un petit bout de papier sur lequel il fallait le faire tenir » (*Œuvres Autobiographiques,* t. II, p. 160). « C'était un ami, et surtout un maître jaloux par nature, comme le vieux Porpora que j'ai dépeint dans un de mes romans. Quand il avait couvé une intelligence, développé un talent, il ne voulait plus souffrir qu'une autre inspiration ou qu'une autre assistance que la sienne osât en approcher » (Œ. A., t. II, p. 154). Maître tyrannique certes, mais qui ne fut pas inutile à l'apprentie. Elle collabore aussi à *La Mode*, à *La Revue de Paris*, et fait connaissance avec divers écrivains et critiques, notamment Auguste Hilarion de Keratry, qui lui conseille de faire des enfants plutôt que des livres ! Elle rencontre Honoré de Balzac, qui lui dédie les *Mémoires de deux jeunes mariés.* La voilà lancée dans les milieux littéraires.

Latouche et Sandeau (avec qui elle rompt définitivement en mars 1833) ont été utiles, mais elle éprouve bientôt le besoin de voler de ses propres ailes. Elle connaît alors la joie d'écrire, mais aussi la souffrance. « Je sentis en commençant à écrire *Indiana* une émotion très vive et très particulière, ne ressemblant à rien de ce que j'avais éprouvé dans mes précédents essais. Mais cette émotion fut plus pénible qu'agréable » (Œ. A., t. II, p. 164). Coup sur coup, trois romans la font connaître : *Indiana* (1832), *Valentine* (1832), *Lélia* (1833). Elle signe désormais « George Sand ». « Sand », c'est la moitié du nom de Sandeau, tandis que « George » a une résonance paysanne qui renvoie au Berry, même si l'absence de « s » a quelque chose de britannique. Ainsi se trouvent réunies les composantes de ces premières années. Ce nom ne lui a pas été donné (quoiqu'il ait été suggéré par Latouche (Œ. A., t. II, p. 138-139) ; elle se l'est donné, elle l'a conquis par son travail d'écrivain.

A-t-elle enfin trouvé la liberté, dans le petit appartement du 19, quai Malaquais, cédé par Latouche, où elle vit seule, mais où tant de gens célèbres lui rendent visite : Balzac, Marie Dorval, Liszt, Marie d'Agoult, Mérimée, Lamennais, Musset ? oui et non. « Je m'imaginai être arrivée au but poursuivi depuis longtemps, à l'indépendance extérieure et à la possession de ma propre existence : je venais de river mon pied à une chaîne que je n'avais pas prévue » (Œ. A., t. II, p. 181). Chaîne des solliciteurs, chaîne aussi des commandes : François Buloz, avide d'enrôler de jeunes talents, l'annexe à la *Revue des Deux Mondes* qu'il dirige. Casimir ? elle en est presque délivrée, encore doit-elle le retrouver quand elle revient à Nohant ; et la séparation juridique ne sera prononcée qu'après des scènes pénibles, en 1835.

2 La révolte

Indiana

On y a vu le reflet de son drame conjugal : on a toujours tendance à lire un premier roman de femme comme une autobiographie. Ce n'est pas si simple. L'héroïne, Indiana, est en fait aimée différemment par trois hommes. Le mari, brutal et possessif (en qui on a vu Casimir) ; Raymon, l'amant (en qui on a voulu voir Aurélien de Sèze) ; Ralph, le cousin d'Indiana, l'ami indéfectible, l'ange gardien. Ils représentent aussi trois régimes politiques. Le mari est un militaire, demi-solde de l'Empire et nostalgique du pouvoir militaire ; Raymon, l'amant, aristocrate, symbolise l'Ancien Régime et la restauration monarchique, tempérée néanmoins par la Charte constitutionnelle ; Ralph représente le rêve républicain issu du *Contrat social*. Aucun de ces trois hommes ne satisfait vraiment l'héroïne. L'amant est aussi décevant que le mari : inconscient, plus soucieux de sa carrière que d'Indiana, il l'abandonne pour faire un mariage traditionnel. Quant à Ralph, il ne suscite pas véritablement le désir d'Indiana ; il recueillera l'abandonnée, qui lui en sera très reconnaissante, et ils vivront ensemble une utopie insulaire.

Inspirée par Bernardin de Saint-Pierre et par les récits de Jules Néraud, « le malgache », qui a confié à la jeune romancière ses notes de voyage, George Sand situe une partie du roman et surtout sa fin dans l'île de la Réunion. Après avoir connu une France décevante à Lagny, à Paris, à Bordeaux, Indiana trouve avec Ralph un bonheur tranquille au cours d'une conclusion qui a dérouté certains lecteurs, en particulier Sainte-Beuve. Elle constitue un hors-texte, et l'on change avec elle de registre : le roman, qui se voulait représentation du réel, débouche sur une idylle intemporelle. Adoption ou dénonciation de l'utopie ? Peut-être est-ce une façon de montrer que le bonheur est forcément une utopie, tant que la condition de la femme n'aura pas changé. Le roman raconte le malheur de deux femmes : celui d'Indiana et celui, plus tragique encore, de Noun, la sœur de lait – on retrouvera dans plusieurs romans de George Sand cette obsession du double. Noun avait été séduite par Raymon ; enceinte, elle s'était noyée, conséquence de l'inconscience de son amant et de l'hypocrite condamnation de la société. Peut-être cette utopie a-t-elle aussi une signification politique plus large. Ralph sait que la société dont il rêve reste pour l'instant irréalisable. La révolution de 1830, Indiana l'a aperçue sous son jour le plus négatif à Bordeaux. L'idylle finale serait donc la conséquence de la déception que George Sand et beaucoup d'intellectuels de son temps ont éprouvée après l'échec qui suivit les Trois Glorieuses.

Les interprétations du roman sont diverses, ce qui prouve sa richesse. Les contemporains y ont vu essentiellement la révolte d'une femme. Sand elle-même l'a analysé différemment suivant les périodes de sa vie, témoin les trois préfaces qu'elle a écrites chaque fois à dix ans d'intervalle. Marquée par Balzac, elle insistait d'abord sur sa conception du roman « miroir » de la réalité. Effectivement, il y a tout un versant réaliste dans *Indiana*, toute une représentation de la situation économique et politique de la France au début du XIXe siècle. Puis, en 1842, après les *Lettres à Marcie*, après sa liaison avec Michel de Bourges, dans une période de combat, elle y a vu plus d'agressivité. Indiana défend la cause de la femme. « C'est celle de la moitié du genre humain, c'est celle du genre humain tout entier ; car le malheur de la femme entraîne celui de l'homme, comme celui de l'esclave entraîne celui du maître. » Enfin, en 1852, elle a porté sur ce livre un jugement plus prudent. Libération de la femme ? oui, mais cette dernière s'affranchit de la tyrannie de l'amant autant que de celle du mari. Critique de la société, certes, mais non refus du mariage. Finalement ce n'est pas la liberté sexuelle totale que demande George Sand, mais la possibilité du divorce, la possibilité aussi d'avoir une indépendance économique qui permette l'indépendance sentimentale. Indiana, ayant quitté son mari, étant abandonnée par son amant, est réduite à la misère et à l'hôpital, au suicide si Ralph, le sauveur, n'intervenait à temps. On n'oubliera pas cependant que le récit est censé être fait par un narrateur masculin, ce qui implique une certaine distance ; d'ailleurs, loin d'adhérer complètement à son héroïne, la romancière en montre les faiblesses, les lâchetés. Indiana n'est pas une militante, elle est travaillée en même temps par un désir de liberté et des fantasmes de servitude.

Le roman connut un grand succès. Bien des années après, l'*Histoire de ma vie* fera avec humour le bilan de cette réception si différente suivant le sexe que l'on attribuait à l'auteur encore inconnu. « Les journaux parlèrent tous de M. Sand avec éloge, insinuant que la main d'une femme avait dû se glisser ça et là pour révéler à l'auteur certaines délicatesses du cœur et de l'esprit, mais déclarant que le style et les appréciations avaient trop de virilité pour ne pas être d'un homme. » L'incognito fut de brève durée. Quand on sut qu'*Indiana* était l'œuvre d'une femme, on s'indigna de son immoralité. Plus positif, Sainte-Beuve loua son audace : « Jamais un homme n'eût pu s'en rendre compte et ne l'eût osé dire » (*Le National*, 5 octobre 1832).

Lélia

Malgré l'intérêt de *Valentine*, parue la même année qu'*Indiana*, nous ne nous y attarderons pas. Signalons cependant que c'est le premier roman de George Sand qui se passe dans le Berry et que le thème de la condition de la femme y est aussi central, l'auteur mettant en scène une tout autre catégorie sociale que celle à laquelle appartenait Indiana : celle des artisans. *Valentine* valut à George Sand l'admiration de Chateaubriand. *Lélia* nous semble cependant d'une plus grande importance. Ce roman de 1833 eut beaucoup plus d'écho que *Valentine*, qui fut publié trop tôt après *Indiana*. On fit de Lélia le symbole de George Sand, mythe que prolongera encore le titre de la biographie d'André Maurois. L'écrivain, tout en refusant de se voir assimilé à son personnage, tenait beaucoup à cette œuvre : dans l'abondance de sa création, c'est le seul roman que Sand ait repris et transformé au point d'en donner deux versions très différentes (celle de 1833 et celle de 1839).

Dans la préface de 1839, la romancière parlera d'« essai poétique », de « roman fantasque ». Effectivement, si l'on veut considérer *Lélia* comme un roman, l'ouvrage pourra dérouter, dans l'une et l'autre version : personnages fortement chargés de symboles, scènes romanesques relativement rares et abondance du discours philosophique amènent plutôt à songer tantôt à l'épopée en prose si chère au romantisme, tantôt à la « méditation ». Gustave Planche, dans une « Autopsie de *Lélia* », résume à grands traits ce symbolisme des personnages de 1833 en gestation : « Lélia-le doute » ; « Trenmor-l'expiation » ;

« Sténio-la poésie » ; « Magnus-la superstition » ; « Pulchérie-les sens ». La préface de 1839, de la romancière elle-même, est plus nuancée ; George Sand y relate l'évolution de son texte. Elle convient volontiers que les personnages représentent « chacun une fraction de l'intelligence philosophique : Pulchérie, l'épicurisme, héritier des sophismes du siècle dernier ; Sténio, l'enthousiasme et la faiblesse d'un temps où l'intelligence monte très haut entraînée par l'imagination, et tombe très bas, écrasée par une réalité sans poésie et sans grandeur ; Magnus, le débris d'un clergé corrompu, ou abruti ». Lélia est « la personnification, encore plus que l'avocat du spiritualisme de ce temps ».

Mais un personnage ne peut être analysé comme un être indépendant des autres ; au début du roman, l'attention se porte davantage sur le couple Lélia-Sténio, dont le lecteur sent vite que l'équilibre est menacé. Lélia est forte et Sténio, le poète, est faible. Elle serait plus proche de Trenmor, dont l'importance ne cessera de croître. Ce personnage avait toute une histoire, puisqu'il avait d'abord été le héros d'une nouvelle qui fut le point de départ du roman. Dans une scène de débauche, il avait tué une femme, ce qui lui avait valu des années de bagne. Il est une des incarnations du forçat romantique. Il est sorti de l'épreuve régénéré, plus fort, et portant un regard très critique sur la société ; en 1839, cette évolution se poursuivra : il est devenu Valmarina, membre d'une société secrète, proche des carbonari et révolutionnaire.

En Lélia, on a voulu voir la frigidité, par contraste avec sa sœur Pulchérie, courtisane de haut vol, symbole de la puissance des sens ; c'est là réduire considérablement le personnage de Lélia ; aucun homme ne semble la satisfaire, mais est-ce sa faute ou celle des hommes ? En tout cas, George Sand s'est insurgée contre cette explication du personnage, dont l'insatisfaction a une signification beaucoup plus vaste, politique et métaphysique : Lélia illustre le contraste entre l'infini du rêve et la pauvreté de la réalité. Cependant le personnage n'en reste pas au stade du désespoir et du doute. En 1839, Lélia est devenue abbesse des Camaldules, elle enseigne aux novices des éléments de théologie, mais aussi les met en garde contre les sophismes des don juans ; elle pratique une charité digne de l'Évangile et qui, du fait même, lui attire les foudres des autorités ecclésiastiques et les persécutions. Après une longue période d'interrogation, Lélia, aidée de Valmarina, a retrouvé une foi qui lui permet de sortir de l'ennui et d'agir utilement, même si son action est entravée par les préjugés et les routines de la société et de l'Église.

À défaut de scènes romanesques traditionnelles, il reste cependant au lecteur un certain nombre de tableaux particulièrement frappants : Lélia au rocher méditant, Lélia agonisante, victime du choléra ; la scène du bal où Lélia et Pulchérie échangent leurs dominos ; le suicide de Sténio par noyade ; et pour la partie nouvelle de 1839, l'affrontement de Lélia et du prélat Annibal, la prédication où elle foudroie Don Juan et qu'entend ce piètre séducteur qu'est Sténio, le jugement et la mort de Lélia. Des paysages restent aussi en mémoire. George Sand, qui a beaucoup lu Rousseau, Chateaubriand et Senancour, se montre une grande paysagiste : tableaux austères d'une nature dénudée dans la première version, architectures monastiques dans une végétation italienne, en 1839.

Peut-être parce que *Lélia* est moins romanesque qu'*Indiana*, parce que la part des réflexions philosophiques y est plus grande, les directions essentielles de ce texte (surtout celui de 1839) sont clairement marquées. Deux virtualités de l'édition de 1833 ont été systématiquement développées : la question de la condition de la femme, celle de la foi et de l'incroyance. Deux influences capitales ont aidé George Sand pour l'élaboration de cette pensée fortement exprimée dans la *Lélia* de 1839 : celle de Pierre Leroux, qui l'amènera aux prises de position de 1848 ; celle de Lamennais. L'un et l'autre l'ont aidée à sortir du doute, Leroux notamment en reprenant dans des perspectives nouvelles l'idée de progrès et de perfectibilité. Quant à Lamennais, persécuté par l'Église, comme Lélia et comme Annibal, il créera un journal dont le titre même est un programme : *L'Avenir*.

La seconde *Lélia* a été terminée à Majorque dans la chartreuse de Valldemosa, résidence pittoresque et inconfortable. Sand y composera également *Spiridion*. Ces textes montrent la puissance en elle de ce que Jean Pommier a appelé « le rêve monastique ». *Spiridion* est le complément de *Lélia*, annonçait la *Revue des Deux Mondes*. Fascination du cloître, de la solitude, de la méditation, rêve d'austérité, et finalement d'indépendance, malgré les persécutions, désir de spiritualité, mais d'une spiritualité qui ne s'embarrasse pas de l'orthodoxie, tous ces thèmes en effet sont communs à ces deux ouvrages. *Spiridion* est un roman sans femme, sans amour charnel, qui se passe entièrement dans un couvent. Autre roman également écrit à Majorque, *Les Sept Cordes de la lyre*, qui, comme *Lélia*, relève davantage de l'épopée philosophique que du récit romanesque.

Dans *Spiridion*, la lutte spirituelle constitue le thème central de l'œuvre ; y est associé celui de la continuité de cette lutte et de cette recherche à travers les âges. En effet le narrateur, Angel, éprouve une vénération filiale pour un moine plus âgé, Alexis, disciple de Fulgence, lui-même disciple de Spiridion, le fondateur de l'abbaye bénédictine. Histoire d'une filiation purement spirituelle, *Spiridion* offre un tableau impitoyable de la « monacaille », de ses mesquineries et de son ennui : haines et complots multiples, peines effroyables de l'*in pace*. *Spiridion* tient du roman noir. L'Histoire n'est pas absente, sur cette longue durée d'un siècle jusqu'à la Révolution et Bonaparte. Aux persécutions internes au couvent s'ajoutent celles de la Terreur.

L'enchâssement des voix narratives permet d'introduire le fantastique. Alexis, et avant lui Fulgence, avait-il tout son bon sens lorsqu'il croyait entendre des voix, apercevoir des images ? Ainsi plane la présence de Spiridion, mort depuis bien longtemps. Ainsi se développe ce thème important (déjà dans *Lélia*) de la croyance et de l'incroyance. Ce roman sombre par bien des aspects est, comme *Lélia*, traversé par l'espoir, et le thème de la transmission du message est l'expression de cet espoir. Si le christianisme a dégénéré, la religion de l'Esprit va commencer. Le père Spiridion a été enterré avec un manuscrit porteur de ce message ; ni Fulgence, parce qu'il est faible, ni Alexis, parce qu'il est orgueilleux, n'y avaient eu accès. C'est Angel, nouveau Perceval, comme lui naïf et pur, qui soulève sans peine la dalle et trouve le manuscrit de Spiridion (version de 1839) et même trois manuscrits (version de 1842) : un texte de Joachim de Flore, un de Jean de Parme, enfin un de Spiridion. La confiance en l'esprit que manifeste la romancière est aussi une confiance en l'écrit.

Faut-il considérer *Les Sept Cordes de la lyre* comme une tentative théâtrale ? À la différence de ce qui se passera pour d'autres textes expressément écrits dans ce but, cet ouvrage n'a pas été composé pour être joué, mais publié dans la *Revue des Deux Mondes*, par Buloz. Celui-ci fit des difficultés : il était choqué à la fois par la forme inhabituelle – il voulait une nouvelle – et par le contenu agressif, les railleries à l'endroit de Louis-Philippe, les attaques contre la société. George Sand était alors fascinée par le fantastique ; elle écrit au même moment un article, « Essai sur le drame fantastique », où elle exprime son admiration pour Goethe, Byron, Mickiewicz. Elle a, en effet, trouvé dans *Faust* ses personnages : Faust-Albert, Méphistophélès, Hélène, la sibylle, « fille de la lyre » (la lyre est promue au grade de personnage éponyme) ; Hélène dialogue avec « l'Esprit de la lyre ». Ce beau texte est un poème épique en prose sur la folie révélatrice d'une vérité supérieure. Mais chez George Sand, la contemplation débouche toujours sur l'action, et la conclusion du drame se trouve dans ces mots : « Allons travailler. » De même, à la fin de *Lélia* (1839), Valmarina, après la mort de l'héroïne, se remet en route.

3 Moi et les autres

Amours et voyages

George Sand voyageuse? Ses voyages ont d'abord été liés à des aventures amoureuses et ont donné lieu à de beaux textes, à mi-chemin entre récit touristique et autobiographie, où cependant la confidence amoureuse fait vite place à l'enchantement de la découverte d'un pays. On retiendra donc d'abord les *Lettres d'un voyageur* et *Un hiver à Majorque.*

Les amours vénitiennes ont fait couler trop d'encre pour qu'on s'y attarde. On se contentera de rappeler quelques dates. La liaison avec Alfred de Musset a commencé fin juillet 1833; les deux amants passent d'abord une semaine à Fontainebleau, puis reviennent à Paris; c'est le plein bonheur. Le 12 décembre, ils partent pour l'Italie, descendent le Rhône sur un bateau où se trouve Stendhal. Le couple arrive à Venise le 31 décembre et s'installe au *Danieli.* Cet hôtel est déjà coûteux à l'époque, aussi les difficultés financières ne tarderont-elles pas à se faire sentir. George Sand tombe malade, Musset court les filles, puis tombe malade à son tour; le médecin Pagello le soigne et devient l'amant de George Sand. Musset repart pour la France le 29 mars 1834. George Sand fait quelques excursions en Vénétie et écrit énormément: *Lettres d'un voyageur*; *Leone Leoni*, *André*, *Jacques.* Elle revient à Paris avec Pagello, esprit distingué, comme l'atteste son journal, et en profite pour visiter l'Italie du Nord et la Suisse. Sa passion pour Musset renaît. Scènes violentes et finalement séparation et retour à Nohant, tandis que Pagello regagne l'Italie. La rupture définitive entre Sand et Musset surviendra le 6 mars 1835. George Sand ne tardera pas à connaître Michel de Bourges, aussi différent que possible de Musset.

Ce qui nous intéresse dans cette aventure, ce sont les œuvres qui en sont nées. Si une tentative de vie commune entre deux écrivains n'est pas chose facile, et si elle fut ici un échec douloureux, elle a eu au moins le mérite d'être un ferment littéraire de part et d'autre. Musset se souvient du *Secrétaire intime* quand il écrit *Fantasio*, et il utilise *Une conspiration en 1537* pour composer *Lorenzaccio*. George Sand, de son côté, doit à Musset non seulement des accents passionnés, mais des personnages. Sténio dans *Lélia* subit les métamorphoses de son regard : poète fragile et séduisant dans la version de 1833, piètre don juan en 1839. Il y aura encore *Elle et Lui* (en 1859), qui tente de mettre un point final à l'affaire ; Paul de Musset y répond par *Lui et Elle* ; Louise Colet par *Lui*. Les critiques retrouvent des traits de Musset dans beaucoup de personnages romanesques, c'est un jeu un peu facile. Disons, globalement, que l'aventure avec Musset a contribué à constituer un personnage masculin type chez la romancière, personnage qui répondait probablement à des aspirations profondes de son imagination créatrice.

Les *Lettres d'un voyageur*, dont les premières paraissent en 1834 dans la *Revue des Deux Mondes*, s'ouvrent d'abord sur la découverte de Venise et de l'Italie qu'a permise ce voyage. On n'aperçoit Musset qu'en transparence, d'autant que George Sand, toujours soucieuse de ne pas alimenter la curiosité de ses lecteurs, suppose que le narrateur est masculin et choisit un titre qui implique une certaine généralité. « On ne voit guère, en lisant ces lettres, si c'est un homme, un vieillard, ou un enfant qui raconte ses impressions » (Œ. A., t. II, p. 546). Le narrateur s'adresse tantôt à Musset – « Quel amour de destruction brûlait en toi ? » (Œ. A., t. II, p. 661) – tantôt à tout lecteur qui voudrait connaître l'Italie. Seules les trois premières répondent au projet d'écrire, comme l'ont fait déjà tant d'écrivains depuis le président de Brosses, des « lettres d'Italie ». Si la première comporte le récit d'un petit voyage dans le Trentin, la deuxième est consacrée à Venise même et la troisième à ses îles. Le récit de voyage implique un certain nombre de *topoi* que Sand n'écarte pas, mais la magie de son style et sa musicalité, la beauté de ses descriptions leur donnent vie. Venise, c'est aussi la musique, et George Sand ne l'oubliera pas quand elle écrira *Consuelo*.

Pas plus que George Sand, le « voyageur » ne s'établit longtemps à Venise. Les lettres suivantes inscrivent un destinataire : Jules Néraud, des musiciens (Meyerbeer, Liszt), des amis (dont le nom est déguisé : Éverard pour Michel de Bourges, Herbert pour Charles

Didier). Elles constituent une sorte de journal du retour à Nohant, puis à Paris, et finalement du voyage en Suisse quand George Sand ira retrouver Liszt et Marie d'Agoult. Les lettres de Suisse répondent aux lettres d'Italie du début; entre-temps, de nombreux sujets ont été abordés: analyses du spleen, considérations politiques, réflexions sur les arts et sur la musique... Cette variété n'est pas dispersion, elle est traversée par de grands thèmes fédérateurs: goût de la solitude et de l'indépendance, éloge de l'amitié, qui laisse plus de liberté que l'amour, plaisir d'écrire et affirmation de l'écrivain. L'unité de ces lettres apparemment disparates provient en fin de compte de l'affirmation de soi comme artiste.

Symétrique et bien différente est la passion pour Frédéric Chopin. Si une certaine fragilité de santé est leur point commun, les deux hommes par ailleurs ne se ressemblent en rien: le parfum de scandale qui avait attiré le très jeune Musset retiendrait plutôt le pudique Chopin. À la première rencontre, il est choqué par l'étrangeté de la romancière. Cependant en juin 1838 commence une longue liaison qui s'achèvera aussi dans la douleur. Croyant améliorer la santé de Chopin et de Maurice, et sur le conseil d'amis espagnols, George Sand décide d'aller passer l'hiver à Majorque. Le piano qui tarde à être livré à la chartreuse de Valldemosa, les difficultés de toutes sortes, le froid et les pluies hivernales, l'hostilité des habitants marquent ce séjour. Chopin revient en France plus malade qu'au départ. Arrêt de quatre mois à Marseille, où il bénéficie des soins du médecin Cauvière, ensuite à Nohant, havre de repos. Paris, rue Pigalle, jusqu'en juillet 1842, puis square d'Orléans; l'hiver 1846-1847, la famille va à Nohant, mais sans Chopin. À une lassitude probablement réciproque s'ajoutera le conflit entre George Sand et sa fille Solange, dans lequel Chopin prend parti pour Solange, qui veut épouser le sculpteur Jean-Baptiste (dit Auguste) Clésinger. Double rupture et presque simultanée de Sand avec sa fille et avec Chopin. Sans qu'il y ait eu des orages aussi violents qu'avec Musset, la passion s'est éteinte, et Chopin mourra en 1849 sans la revoir.

Ce bilan serait bien négatif si Chopin et George Sand n'étaient avant tout de grands artistes qui transmuent toute souffrance en œuvre de beauté. Ainsi, pendant le désastreux séjour à Majorque, Chopin a composé les *Préludes*, la ballade en *fa* mineur, un scherzo, deux polonaises (en *do* mineur et en *la* majeur). George Sand a presque terminé *Lélia*, elle a écrit *Spiridion*. Chopin lui a permis d'approfondir sa conception de la musique, et les œuvres ultérieures vont bénéficier de cet enrichissement. Elle écrira aussi *Un hiver à Majorque*; mais de même que Musset n'apparaissait guère dans les *Lettres d'un voyageur*, de même on n'entend guère résonner le piano de Chopin dans cet ouvrage.

La première partie parut dans la *Revue des Deux Mondes* en janvier 1841; l'ensemble paraît en volume en 1842. Là encore, le narrateur est un « je » au masculin. Le texte se donne comme un récit de voyage avec des considérations sur la géographie et l'histoire de l'île, pour lesquelles George Sand a puisé dans de nombreuses sources. On y trouvera aussi une triple expérience, des hommes et de leur devenir historique, de la nature, de soi. Les premiers lecteurs ont été surtout sensibles à la malveillance de l'écrivain pour les habitants; en fille des Lumières, celle-ci s'en prend à leurs « superstitions », mais elle éprouve malgré tout une certaine sympathie pour la vie quotidienne des Majorquins; elle s'intéresse à leurs coutumes, à leur musique, à leur langue. Elle a aimé ces paysages si différents de ceux du Berry, et ces orages méditerranéens d'une extrême violence. Dans les ruines du cloître, elle a fait l'expérience du silence, et a tenté de comprendre « le secret intime de la vie monastique » (Œ. A., t. II, p. 1126).

Pour retrouver Chopin, mieux vaudra se reporter au récit du séjour à Majorque qui est donné dans l'*Histoire de ma vie*. « Il nous jouait des choses sublimes qu'il venait de composer, ou pour mieux dire, des idées terribles ou déchirantes qui venaient de s'emparer de lui, comme à son insu, dans cette heure de solitude, de tristesse et d'effroi » (Œ. A., t. II, p. 420). C'est dans cet ouvrage aussi que l'on trouvera l'histoire célèbre du prélude dit « de la goutte d'eau »; mais comme les notes répétées sont un procédé musical employé plusieurs fois dans les *Préludes*, les musicologues ont proposé ce titre tantôt pour le 6ᵉ, tantôt pour le 15ᵉ (Liszt de son côté pensait qu'il s'agissait du 8ᵉ). Peu importe l'anecdote. Chopin n'a pas donné de titre. George Sand a tout dit sur sa musique lorsqu'elle a écrit: « Il a fait parler à un seul instrument la langue de l'infini » (Œ. A., t. II, p. 421).

L'engagement politique

Les amitiés, pour l'élaboration de l'œuvre, ont eu un rôle tout aussi important que les amours. D'ailleurs la limite entre amitié et amour fut parfois vite franchie, ainsi pour Michel de Bourges. D'autre part, si la générosité naturelle de George Sand la poussait vers les plus démunis, sa pensée sociale s'est structurée grâce à des lectures et des conversations. Plusieurs de ses contemporains eurent une grande influence sur elle. Michel de Bourges, qu'elle connut en avril 1835, était un avocat de grand talent, républicain, défenseur devant la Chambre des pairs des accusés du procès d'avril. Pierre Leroux fut un de ceux qui l'orientèrent vers le socialisme ; elle l'aida à installer un phalanstère (qui fut d'ailleurs un échec). Ayant rompu avec Buloz et la trop timide *Revue des Deux Mondes*, elle crée avec Leroux et Louis Viardot, en 1841, la *Revue indépendante*. Les *Lettres d'un voyageur* contenaient cet hymne : « République, aurore de la justice et de l'égalité, divine utopie, soleil d'un avenir peut-être chimérique, salut ! » (Œ. A., t. II, p. 793).

Restait à passer de la pensée à l'action, de l'utopie à la réalité. 1848 va en offrir l'occasion à George Sand. Grand est son enthousiasme dès les commencements de la révolution. Elle vient à Paris le 1er mars. « Nous nous lançons dans l'inconnu avec la foi et l'espérance. [...] Le peuple a été sublime de courage et de douceur. Le pouvoir est *généralement* composé d'hommes purs et honnêtes. Je suis venue m'assurer de tout cela de mes yeux, car je suis intimement liée avec plusieurs » (*Correspondance*, t. VIII, p. 299). Elle retrouve des amis : Louis Blanc, Maurice Rollinat, François Arago. Elle rédige des articles pour le *Bulletin de la République*, crée son propre journal, *La Cause du peuple* : son inlassable activité d'écrivain est mise au service de la jeune République. Elle est l'éminence grise du ministre de l'Intérieur, Ledru-Rollin. « La République est sauvée à Paris ; il s'agit de la sauver en province où sa cause n'est pas gagnée » (*ibid.*, p. 324). Son action s'étend au Berry, où elle fait nommer à des postes importants des amis dont elle est sûre. Maurice, son fils, est maire provisoire de Nohant. Mais les campagnes sont rétives aux idées nouvelles. Dès avril 1848, George Sand sent la république menacée par les divisions internes : « La république, écrit-elle le 16 avril, a été tuée dans son principe et dans son avenir, du moins dans son prochain avenir » (*ibid.*, p. 411). George Sand s'attire de violentes inimitiés tant en province qu'à Paris, qu'elle quitte après le 15 mai, découragée : « La journée d'hier nous remet en arrière de dix ans » (*ibid.*, p. 457). La réaction triomphe, ses amis Armand Barbès, Pierre Leroux, Louis Blanc, sont en prison ou en fuite. Les journaux républicains sombrent, qu'il s'agisse de *La Vraie République*, de *L'Éclaireur* ou du *Peuple constituant* de Lamennais.

Nohant, une fois de plus, lui sert de refuge, et l'écriture, qui est aussi action ; tout un réseau de correspondance se crée à partir de Nohant : avec Barbès qui est en prison, avec Giuseppe Mazzini, exilé à Londres. Sand plaide la cause des condamnés auprès du prince-président. On lui a reproché ses liens avec Napoléon III ; bien injustement. Jamais elle n'a renié ses idées socialistes. Si elle reste en bons termes avec Napoléon III, c'est précisément pour pouvoir sauver ses amis. Le prince Jérôme Napoléon est pour elle un appui. Rétrospectivement, ses relations avec Napoléon III nous semblent en contradiction avec son action de 1848 ; mais l'Histoire au jour le jour n'est pas celle que les historiens voient après coup. Le futur empereur avait d'abord été socialiste et carbonaro ; George Sand avait correspondu avec lui lorsqu'il était prisonnier au fort de Ham ; puis il avait été choisi par le peuple grâce à un plébiscite à une large majorité. George Sand ne peut alors prévoir le tour que prendra sa politique lorsqu'il aura les pleins pouvoirs. Elle s'incline, mais tristement, devant le résultat du vote : « Quand on voit les votes d'une majorité compacte arracher à l'homme le droit de vivre en travaillant, on est forcé de se dire que c'est pourtant l'œuvre du peuple, le résultat du suffrage universel » (*ibid.*, p. 633).

La correspondance

Nous venons de voir le rôle de la correspondance dans l'action politique, et nous l'avons souvent évoquée à propos de la relation amoureuse. La lettre pour George Sand a été un moyen privilégié de communiquer avec l'autre, ami, amant, enfant, etc. ; en tout cas, pour nous, elle demeure le témoignage fondamental de cette communication. En tête de l'index que Georges Lubin a établi pour couronner son admirable édition, il dénombre plus de deux mille correspondants. La majorité d'entre eux furent français, mais la correspondance de George Sand a rayonné sur toute l'Europe : Angleterre, Italie surtout, pays germaniques, Russie, Espagne. Elle était en relation avec Heine, Mazzini, Alfieri, Mickiewicz, Bakounine, Tourgueniev.

La correspondance de George Sand est beaucoup plus qu'un document qui nous renseigne sur ses activités et ses relations ; elle constitue en elle-même une œuvre d'art, d'une variété éblouissante, suivant les correspondants, suivant la situation où elle se trouve. Elle est aussi le laboratoire de l'œuvre : la circulation entre la lettre, le roman et le théâtre est incessante. On a pu dire que la correspondance était la plus grande réalisation de George Sand, par sa qualité plus encore que par sa quantité. En tout cas, c'est peut-être la partie de son œuvre qui peut toucher le plus directement le lecteur d'aujourd'hui.

Ne pouvant en donner ici une vue d'ensemble, nous nous contenterons d'évoquer celle qui est la plus extraordinaire : la correspondance avec Flaubert, dont nous possédons heureusement les deux parties indissociables. Et l'on ne sait laquelle il faut admirer le plus! Ce dialogue est d'autant plus étonnant qu'*a priori* rien ne rapprochait les deux correspondants, ni l'âge (George Sand est de beaucoup l'aînée), ni le tempérament, ni les convictions politiques, ni la conception de l'écriture. Pourtant il serait difficile de trouver ailleurs un tel exemple de compréhension et de sincère admiration réciproques. De 1866, début d'une réelle amitié, à 1876 (la mort de Sand vient l'interrompre), cette correspondance est d'une richesse incomparable. On y trouvera non seulement une sorte de journal de *L'Éducation sentimentale* (seconde version), de *La Tentation de saint Antoine* et des *Trois Contes*, mais aussi un aperçu, il est vrai plus schématique, des œuvres que George Sand compose alors : *Le Dernier Amour* (dédié à Flaubert ; son roman le plus flaubertien), *Marianne* (où Flaubert se retrouve), *Cadio*, *Mademoiselle Merquem*, *Nanon*, *Contes d'une grand'mère*. Deux morales esthétiques bien différentes se dégagent de cette correspondance et s'y expriment librement. L'exercice stimule aussi les deux écrivains dans la recherche d'eux-mêmes, tant il est vrai que le dialogue avec l'autre en est le plus sûr moyen : « Tes lettres tombent sur moi comme une pluie qui mouille, et fait pousser tout de suite ce qui est en germe dans le terrain. » C'est ainsi que commence la grande lettre du 25 octobre 1871 où George Sand entreprend une véritable autobiographie intellectuelle et spirituelle. C'est dans cette correspondance que nous verrons s'élaborer la sagesse de la romancière et son ultime philosophie (*cf. infra*, 7).

4 La diversité du monde

La ville et la campagne

À peine *Lélia* terminée, George Sand bondit vers des sujets qui puisent dans la réalité la plus quotidienne et la plus variée. Ses trois premiers romans avaient pour titre des noms de femmes (*Indiana*, *Valentine*, *Lélia*) ; désormais elle affectionne – pour un temps – des titres qui mettent en vedette un héros masculin : *André* (1835), *Simon* (1836), *Mauprat* (1837), *Spiridion* (1839), *Le Compagnon du tour de France* (1840), *Horace* (1841). Nous voudrions lutter contre cette image doublement réductrice de George Sand qu'on limiterait à être soit une romancière de la condition féminine, quand on s'en tient aux premières œuvres, soit une romancière de la campagne, quand on retient les romans champêtres, et essayer de donner une idée de l'ampleur de son univers. George Sand a écrit, à sa façon, une « Comédie humaine ». Si l'on ne trouve pas chez elle l'équivalent du système balzacien du retour des personnages ni une construction d'ensemble de l'édifice romanesque, on y verra une grande diversité des milieux et des personnages évoqués.

On y observe presque toutes les classes sociales. Ainsi l'aristocratie parisienne est évoquée avec Mme de Chailly dans *Horace*, les hôtels du faubourg Saint-Germain dans *Le Marquis de Villemer* (1861). À la campagne, la noblesse connaît des régimes économiques bien différents ; relatant la situation de son temps, George Sand y oppose souvent le vieux château aristocratique délabré et le château récemment acquis, souvent par des bourgeois prospères et ouverts au progrès économique (*Le Péché de monsieur Antoine*, 1847 ; *Les Beaux Messieurs de Bois-Doré*, 1858 ; *Jean de la Roche*, 1860). Le paysan enrichi et avide rêve d'acheter le château (*Le Meunier d'Angibault*, 1845). Autour de la demeure gravitent les notables, les hommes de loi (*Simon*), les intendants ; l'émigration est évoquée dans *Simon* avec le comte de Fougères, et bien sûr dans *Nanon* (1872).

George Sand a connu aussi les débuts de l'industrialisation. Les artisans continuent à se regrouper en corporations comme au Moyen Âge dans *Le Compagnon du tour de France*, mais *Le Péché de monsieur Antoine* et surtout *La Ville noire* (1861) montrent la naissance de la classe ouvrière, avec la dureté des nouveaux entrepreneurs. *La Ville noire* nous transporte à Thiers, où se développe la coutellerie, et où, pour échapper à l'opposition entre exploiteurs et exploités, une forte femme prend la tête d'une association ouvrière. L'univers de la boutique et du commerce est moins présent que chez Balzac, mais l'auberge a un rôle important, et l'on n'oublie pas la mère Savinien dans *Le Compagnon du tour de France*.

On trouve également les deux personnages bien romantiques de la grisette et de l'étudiant : la grisette avec Geneviève dans *André*, et Marthe dans *Horace*, le plus balzacien des romans de Sand ; Achille Lefort dans *Le Compagnon*, Henri Lemor dans *Le Meunier d'Angibault* représentent ce que nous appellerions l'« intellectuel ». Il y a aussi des savants ; et nous aurons à parler des nombreux artistes. Pour donner une idée de cette prolifération de personnages, il faudrait encore évoquer les marins (*Tamaris*), les militaires (*Indiana*). Place doit être faite aussi aux marginaux : le clochard Cadoche dans *Le Meunier d'Angibault*, la sorcière (*La Petite Fadette*, 1849 ; *Tamaris*), la tsigane (*Les Beaux Messieurs de Bois-Doré*), les aventuriers (*Mademoiselle Merquem*).

Le monde ecclésiastique est représenté dans sa grande diversité : tranquilles curés de campagne dans *Consuelo* ou dans *Les Beaux Messieurs de Bois-Doré*, prêtres torturés par le désir dans *Lélia* ou dans *Mademoiselle La Quintinie* (1863), moines dans *Spiridion*. *La Daniella* (1857), inspirée par Lamennais et par le voyage en Italie de 1855, montre de façon impitoyable le jeu des pouvoirs corrompus dans l'Église (déjà évoqué par la *Lélia* de 1839).

Diversité des âges, de l'enfance à l'extrême vieillesse ; diversité des lieux : le Berry est privilégié, certes, mais à la suite de George Sand, on parcourt aussi la Brie, Bordeaux, la Réunion dans *Indiana*. *Jean de la Roche*, *La Ville noire* et *Le Marquis de Villemer* naissent des souvenirs de l'Auvergne ; *Tamaris*, du Midi ; *Mademoiselle Merquem*, de la côte normande et *Malgrétout* des Ardennes ; la Suisse reparaît dans *Le Dernier Amour* ; l'Italie est de tous les pays étrangers le mieux représenté, mais la Suède sert de cadre à *L'Homme de neige*; et Consuelo voyage beaucoup : venue d'Italie, elle traverse la Bohême, la Prusse, l'Autriche.

Ajoutons que la grande diversité de ses personnages et l'abondance extraordinaire de sa production ont été pour la romancière l'occasion d'expérimenter toutes les techniques romanesques qui étaient alors à sa disposition : roman à la troisième personne, roman à la première personne, roman par lettres. Elle combine aussi parfois les différents systèmes, par exemple dans cet ensemble que forment *Monsieur Sylvestre* et *Le Dernier Amour*. Ainsi la variété des points de vue s'ajoute à celle des situations, des classes sociales et des lieux.

Horace

C'est le roman de la ville, le roman de Paris, et en même temps un roman de groupe, celui de plusieurs étudiants. George Sand, qui a beaucoup vécu à Paris – lorsqu'elle a quitté Nohant et son mari, la capitale a représenté pour elle l'évasion et la liberté –, ressuscite admirablement le Paris du Quartier latin, avec ses cafés, ses rues. Le narrateur a un petit appartement, situé quai des Augustins. Son balcon couronne le dernier étage de la maison. Il retrouve un groupe d'amis au café tenu par Poisson, près du Luxembourg. Mais le Paris des années 1830 n'est guère tranquille ; la ville est travaillée par des mouvements révolutionnaires. L'agitation étudiante rejoint les revendications ouvrières. *Horace* évoque le massacre du cloître Saint-Merry ; deux personnages seront blessés sur les barricades. George Sand ironise dans une lettre à Buloz, en lui annonçant que la troisième partie du roman le mettra « au désespoir » : « Mes héros s'en vont se battre au cloître Saint-Merry : et, chose étrange et merveilleuse ! l'un prolétaire, l'autre étudiant républicain, ne s'y battent pas pour la royauté » (*Corr.*, t. V, p. 423). Buloz, en effet, refuse de faire paraître le roman dans la *Revue des Deux Mondes* sans des modifications, que la romancière juge inacceptables. Elle préfère alors confier son roman à la *Revue indépendante*, récent périodique socialiste, où il paraît en 1841-1842, en attendant la publication en volume de 1842.

Dans *Horace*, et comme Barrès pour *Les Déracinés*, George Sand, qui avait d'abord songé à intituler son roman « L'Étudiant », ne fait pas du personnage éponyme la vedette, loin de là. Dans ce groupe d'étudiants, les origines sont diverses: bourgeoisie provinciale, aristocratie légitimiste, classe ouvrière s'y côtoient. Les études suivies sont également variées: Théophile, le narrateur, est un carabin de troisième année; Paul Arsène, un jeune peintre que sa pauvreté amène à déserter un temps l'atelier de Delacroix, devient garçon de café; Horace fait son droit, sans conviction, simplement parce qu'« il n'y a aujourd'hui qu'une profession qui mène à tout, c'est celle d'avocat». Quant aux femmes, elles viennent enrichir la palette des personnages parisiens, de Mme de Chailly, qui représente la haute aristocratie sous un jour peu sympathique, à Marthe, la grisette sublime.

Le Meunier d'Angibault

Publié en 1845, donc avant *La Mare au diable* (1846), *La Petite Fadette* (1849) et *François le Champi* (1850), avant la révolution de 1848 également, cet ouvrage qui inaugure les romans champêtres retiendra notre attention parce qu'il permet, outre sa réussite intrinsèque, d'écarter deux idées reçues: les romans de George Sand montreraient une vision idyllique de la vie aux champs; ils auraient constitué un refuge pour la socialiste déçue par la république.

Deux idylles à la campagne, certes (d'une part, celle entre Marcelle, la châtelaine de Blanchemont, et Henri Lemor, le jeune intellectuel d'origine modeste; d'autre part, celle entre le grand Louis, le meunier d'Angibault, et Rose Bricolin), et qui vont se terminer par un double mariage. Blanchemont, Angibault, ces noms par eux-mêmes sont pleins de poésie. La Vallée Noire est un « enchantement continuel pour l'imagination ». Marcelle voudrait y instaurer un nouveau Clarens, un lieu de transparence et de bonheur. Henri Lemor est nourri de Louis Blanc et de Pierre Leroux (une partie des droits d'auteur de George Sand sert à l'installation de son imprimerie modèle à Boussac). Mais l'idylle et le rêve socialiste vont se heurter à une dure réalité.

La campagne que décrit George Sand est assez sinistre finalement. Alcoolisme, misère, endettement sont le lot quotidien. Seule prévaut la force de l'argent. Le père Bricolin, qui vit « au jour d'aujourd'hui » (l'auteur avait songé à prendre cette expression que répète sans cesse Bricolin comme titre de son roman), ne songe qu'à l'argent. Il a préféré que sa fille aînée devienne folle plutôt que de permettre un mariage désavantageux; il ne consent à accorder la main de Rose au meunier qu'après un arrangement financier dû à Marcelle ; Bricolin rêve d'acheter le château de Blanchemont et il y parvient, impitoyable pour son entourage et pour l'ancienne châtelaine. Le paysan devient bourgeois.

La poésie de ce roman, en fin de compte, est celle qui émane de ce Berry qu'aime George Sand : poésie du langage, dont elle donne un aperçu au lecteur, de ce patois injustement décrié (« C'est dans la Vallée Noire qu'on parle le vrai, le pur berrichon, qui est le vrai français de Rabelais »), saveur des mets, de la « fromentée », du gâteau de poires, des truites, de la « salade à l'huile de noix bouillante », charme de la musique et des danses, de la bourrée et des costumes que seule la vieille génération porte encore, celle de la grand-mère de Rose. Idylle, roman « réaliste », roman idéologique ? *Le Meunier d'Angibault* est tout cela à la fois dans un alliage subtil qui explique le succès constant de cette œuvre.

François le Champi présente aussi de façon réaliste le problème de l'endettement des paysans et de l'abandon des enfants dans les champs (d'où le nom « champi »). Mais peut-être la part du rêve est-elle plus grande encore dans ce récit d'un inceste symbolique – et l'on comprend la fascination du jeune Proust pour ce roman – entre la mère adoptive et le héros qui, comme dans un conte de fées, devra partir et accomplir nombre d'épreuves, avant de pouvoir revenir et épouser sa bien-aimée.

La Mare au diable n'a rien du roman pour enfants bon à fournir des exercices scolaires. En fait, derrière l'idylle entre Germain, un veuf qui doit se remarier, et la petite Marie, qui va devenir servante, apparaît la dure condition des domestiques à la campagne. Il y a aussi le prestige de l'argent dans un village en la personne de la riche veuve que Germain devrait épouser. Heureusement, la magie de la Mare au diable et de cette nuit passée à la belle étoile rapproche définitivement les deux voyageurs et permet le bonheur de Germain et de Marie. La romancière ethnologue peut dès lors évoquer très précisément les rites de mariage dans les campagnes.

Le Dernier Amour

À la différence des romans champêtres, cette œuvre est longtemps restée inconnue. Publiée dans la *Revue des Deux Mondes* en 1866, elle fait suite à *Monsieur Sylvestre*, le personnage du même nom y racontant un épisode de sa vie. Si ce roman, dédié à Flaubert, retient tout particulièrement notre attention, c'est qu'il est le signe de l'évolution de George Sand vers une représentation toujours plus exigeante de la réalité. En cela elle s'inscrit bien dans le mouvement du siècle vers le réalisme, même si son « réalisme » s'allie, dans les romans paysans, à l'idéalisation de certains personnages. *Le Dernier Amour*, lui, n'idéalise ni le mari trompé, Sylvestre, dont la bonne conscience n'est pas exempte d'hypocrisie, ni Félicie, la femme torturée par le désir et que ses déceptions amènent, comme Mme Bovary, au suicide, ni Tonino, le jeune homme séduisant qui a tendance à se faire entretenir et pratique le chantage.

Le dilemme posé dès le départ est le suivant : quelle attitude doit avoir un homme délaissé par sa compagne au profit d'un autre ? Dans *Jacques*, le héros se tue. Une telle attitude est critiquable aux yeux de M. Sylvestre. Selon lui, « la meilleure punition de l'adultère serait l'amitié généreusement offerte par le mari trompé », solution apparemment magnanime, mais non dépourvue d'un certain sadisme et qui apparaît ici comme un meurtre déguisé. Peut-être sous l'influence de Flaubert et pour conserver une certaine distance vis-à-vis des personnages, la romancière ne prend pas parti, et le lecteur, dans ce triste drame, pourra assurer la défense de Sylvestre ou de Félicie. Les protagonistes gardent leur part de mystère ; ils ne disent pas tout. La lettre de Félicie ouverte après sa mort dit une autre vérité que celle racontée par Sylvestre, « vieux sphynx ». Celui-ci aurait pu cependant être alerté par le violon de Félicie, qu'elle fait chanter une dernière fois avant de se tuer ; peut-être préférait-il ne pas comprendre ; il se contente de noter : « Mon imagination surexcitée eût pu interpréter ces divagations musicales comme une sorte de récit symbolique qu'elle voulait me faire de ses orages, de sa chute et de son désespoir. » Le médecin, appelé trop tard auprès de Félicie, dit à Sylvestre : « Il y a des fatalités d'organisation devant lesquelles le médecin est forcément matérialiste... Et si je vous disais que vous-même vous avez subi cette fatalité en causant le dégoût de la vie qui a porté votre femme au suicide ? »

5 Les artistes

Artistes et artisans

Il n'y a pas lieu de les séparer, pense George Sand, qui se considère elle-même comme un artisan de l'écriture. Geneviève, qui fabrique des fleurs artificielles, Simon, le grand avocat aux improvisations brillantes, sont des artistes au même titre qu'Arsène, dans l'atelier de Delacroix. *Le Compagnon du tour de France* met en lumière un charpentier artiste. George Sand a aussi exalté des arts trop souvent négligés par la littérature : ainsi dans *Les Maîtres mosaïstes* (1838) et leur pendant, *Les Maîtres sonneurs* (1853). Son sens artistique a encore été aiguisé par tous les artistes qu'elle a eu l'occasion de connaître, qu'il s'agisse de musiciens (Liszt, Chopin...), de peintres (Delacroix...), de comédiens (Marie Dorval, Bocage...), de chanteurs (Pauline Viardot, Adolphe Nourrit...), sans compter tous les écrivains marquants de son temps. Si elle semble avoir prudemment préféré ne pas écrire le roman du romancier (quoique Horace se risque à écrire), elle nous a laissé le roman du peintre avec *Elle et Lui*, le roman de l'homme de théâtre avec *Le Château des Désertes*, le roman du musicien avec *Consuelo* et *Les Maîtres sonneurs*. Ses deux domaines de prédilection semblent bien être le théâtre et la musique.

Le théâtre

Elle en parle en connaissance de cause, ayant été non seulement romancière, mais également dramaturge. Les deux activités se complètent ; souvent elle tire une pièce de théâtre d'un de ses romans, mis en scène par elle ou par un collaborateur (ainsi Paul Meurice pour *Les Beaux Messieurs de Bois-Doré*, *Le Drac*, *Cadio* ; Dumas fils pour *Le Marquis de Villemer*). Et ses pièces ont du succès ; en 1864, la représentation à l'Odéon du *Marquis de Villemer* tourne même à l'émeute. *Le roi attend*, au Théâtre-Français en 1848, et même *François le Champi* à l'Odéon en 1849 ou *Claudie* à la Porte Saint-Martin en 1851 prennent une signification politique. Que le contenu idéologique soit plus ou moins affiché, George Sand considère toujours que le théâtre est pour elle, comme les éditions bon marché de ses œuvres, un moyen de s'adresser au peuple. Mais l'œuvre théâtrale de Sand souffre d'un discrédit que des travaux universitaires et quelques trop rares représentations ne parviennent pas à entamer. C'est la partie la plus méconnue de son œuvre.

Peut-être d'ailleurs son originalité éclate-t-elle moins dans les pièces conçues pour les grandes salles parisiennes que dans le théâtre expérimental et les marionnettes pratiqués à Nohant. Pour un public très restreint, presque familial, elle dispose de beaucoup plus de liberté : Maurice peint les décors, George Sand fait le texte et les costumes, Chopin, quand il est là, improvise des accompagnements merveilleusement inspirés par les personnages de la commedia dell'arte. « Le tout avait commencé par la pantomime et ceci avait été de l'invention de Chopin. Il tenait le piano et improvisait, tandis que les jeunes gens mimaient des scènes et dansaient des ballets comiques » (« Le théâtre des marionnettes de Nohant » [Œ. A., t. II, p. 1249]). Quand il ne vient plus à Nohant, George Sand tâche de le remplacer elle-même au piano. À côté du petit théâtre, il y a aussi un théâtre de marionnettes (encore visible sur place). En 1864, elle publiera chez Michel Lévy *Le Théâtre de Nohant*. Plus que le texte même de ces pièces qui sont surtout des canevas à la façon du théâtre italien, ce sont les textes théoriques sur les marionnettes qui nous intéressent, car ils proposent une réflexion plus générale sur le théâtre (Œ. A., t. II).

Lucrezia Floriani et *Le Château des Désertes*

Cette réflexion est aussi le point de départ du *Château des Désertes*. Ce beau roman fait suite à *Lucrezia Floriani*, histoire dramatique d'une artiste, Lucrezia, « actrice d'un talent pur, élevé, suffisamment tragique, toujours émouvant et sympathique quand elle jouait un rôle bien fait. [...] elle avait eu de grands succès non seulement comme actrice mais encore comme auteur ; car elle avait porté la passion de son art jusqu'à oser faire des pièces de théâtre ». Avant de mourir, elle avait voulu enseigner à son fils Célio « l'art du théâtre pour lequel il montrait une vocation passionnée ». Après sa mort, conséquence de sa flamme pour l'égoïste prince Karol – en qui George Sand s'est énergiquement refusée à voir un reflet de Chopin – l'histoire de ses enfants se poursuit donc dans ce deuxième roman (d'abord conçu comme une nouvelle, « Célio Floriani », il prit ensuite de l'ampleur). Il est assez rare que George Sand écrive des suites ; c'est le signe d'un intérêt tout particulier porté à des personnages ou à un thème. Écrit en 1847, *Le Château des Désertes* ne paraîtra qu'en 1851 dans la *Revue des Deux Mondes*, puis chez Michel Lévy.

Paradoxalement, ce roman sur le théâtre est aussi un roman sur la solitude. C'est dans un château perdu dans les montagnes, près de Briançon, que l'on répète un *Don Juan* qui tient de la tradition italienne, de Molière et de Mozart. Il s'agit d'un travail de groupe qui réunit des professionnels et des amateurs. Le peintre Adorno, qui raconte son histoire, avait fait la connaissance au théâtre de Vienne de Célio, de Cécilia et du père de la jeune fille, Boccaferri ; il les retrouve de façon très romanesque dans ce château, et va être invité à participer aux répétitions. Les rôles sont tenus tour à tour par différents acteurs qui les essaient et dévoilent de cette façon de nouvelles possibilités d'interprétation ; ainsi le rôle de Don Juan est tenu d'abord par le tout jeune Célio, puis par le vieux Boccaferri. Le narrateur est successivement le Commandeur et Mazetto. Il s'agit d'un travail de création à partir d'un canevas, et l'improvisation est l'exercice fondamental. On n'a pas manqué de souligner à quel point la conception du théâtre de George Sand annonce celle de Stanislavski ou de Grotowski.

Théâtre au second degré, ce roman est une glorification de l'acteur et du théâtre ; il raconte une initiation. Le narrateur a pénétré dans le château à l'invite de deux jeunes femmes aux noms symboliques : Stella et Béatrice. Jouant le rôle du Commandeur, il traverse la mort, mais pour ressusciter grâce à la magie du théâtre, et connaître l'amour. L'initiation au théâtre a été aussi une initiation à la vie.

L'autre versant de l'activité théâtrale de Nohant, les marionnettes, trouvera son écho dans un autre roman, *L'Homme de neige,* où le montreur de marionnettes révèle la vérité des êtres, et permet même de découvrir le criminel. On y trouvera aussi des déclarations sur le rôle social du théâtre : « Le théâtre se réconciliera avec la vie le jour où il sera gratuit, et où tous les gens d'esprit capables de bien représenter, se feront, par amour de l'art, fabulateurs et comédiens à un moment donné, quelle que soit leur profession. »

La musique : *Consuelo*

On vient de voir comment théâtre et musique étaient fondamentalement liés par le goût de George Sand pour l'opéra et en particulier pour les œuvres de Mozart. Un des premiers écrits de la romancière est une nouvelle, *La Prima Donna*. Liszt, Rossini ou Meyerbeer sont bien présents dans les *Lettres d'un voyageur*. La musique résonne dans tant de ses œuvres que nous devrons ici nous limiter à *Consuelo* et aux *Maîtres sonneurs*.

Consuelo (1842-1844) a les dimensions d'un vaste roman épique, et se prolonge par *La Comtesse de Rudolstadt,* ces deux ouvrages formant un tout indissociable. Consuelo, fille d'une bohémienne, a été initiée à la musique dans une de ces *scuole* vénitiennes évoquées par Rousseau dans les *Confessions* ; elle travaille sous la direction du maître Porpora, qui renvoie certes au musicien italien du même nom, mais aussi à Rousseau par son caractère bourru et son refus des compromissions mondaines. Pour qu'elle puisse échapper aux assiduités du riche Zustiniani (dont le nom vient aussi des *Confessions*), il l'envoie en Bohême, dans le château de Rudolstadt, où elle fait la connaissance de deux personnages énigmatiques et inquiétants, Albert de Rudolstadt, violoniste inspiré mais malade, et Zdenko, incarnation de l'âme du peuple bohémien, musicien lui aussi. Consuelo refuse tout d'abord d'épouser Albert, ne voulant pas lui sacrifier sa carrière musicale et soucieuse de conserver sa liberté. Elle commence alors une vaste tournée des plus grands théâtres européens, et va en Autriche à la cour de l'impératrice Marie-Thérèse et en Prusse à celle de Frédéric II. Devenue suspecte, elle est incarcérée à la prison de Spandaw. La réclusion lui permet, outre une réflexion politique, la découverte de ses dons de compositeur, alors que jusque-là elle avait été interprète. Elle est sauvée de la prison grâce à l'action d'une société secrète, les Invisibles, qui lui font subir une nouvelle réclusion, mais cette fois pour l'initier aux cérémonies maçonniques et lui transmettre une doctrine inspirée par Leroux. Elle y acquiert un haut grade et fait la connaissance de la mère d'Albert, Wanda. Elle retrouve Albert également, qu'elle croyait mort et qu'elle avait enfin épousé quand celui-ci était à l'agonie. L'épilogue nous montre la conversion du comte et de la comtesse de Rudolstadt : devenus des musiciens errants ils vont de village en village prêcher la bonne nouvelle, « Liberté. Fraternité. Égalité ». Cette fin de récit se situe quinze ans avant 1789 ; George Sand a écrit *Consuelo* avant 1848 ; l'idéal révolutionnaire apparaît encore dans toute sa pureté.

Résumé ainsi grossièrement, l'ouvrage perd malheureusement beaucoup de sa signification et de sa poésie. Roman sur la musique, il exalte celle du XVIIIe siècle, que George Sand avait bien connue dès son adolescence, grâce à sa grand-mère. Consuelo croise sur sa route le jeune Haydn ; du noyau initial que représente Venise, elle rayonne dans toute l'Europe musicale. Mais ce roman est plus qu'un voyage musical, si passionnant soit-il. C'est une réflexion sur la musique et un roman d'initiation. De même qu'initiation et théâtre se rencontrent dans *Le Château des Désertes*, de même ici, et avec plus d'ampleur et de profondeur encore, les deux thèmes se rejoignent. Consuelo est une initiée, et une initiée de haut grade, ce qui est exceptionnel pour une femme dans les sociétés secrètes du XVIIIe siècle.

La signification politique du roman apparaît aussi en cela qu'il met en scène une femme libre qui refuse le joug du mariage traditionnel, tout autant que les tyrannies des cours princières. Elle est essentiellement une créatrice ; elle compose, dans les dernières pages, un « Hymne à la bonne déesse » qui célèbre les pouvoirs créateurs de la Femme, depuis toujours refoulés et méprisés. Mais la libération des femmes n'a de sens que si elle fait partie d'une libération plus générale de l'homme ; et c'est cela aussi qu'exprime la trinité révolutionnaire « Liberté, Égalité, Fraternité ». Tous les thèmes s'entrecroisent. Libérer le peuple, c'est libérer ses forces créatrices, c'est découvrir la musique populaire de Zdenko, c'est composer, comme le font les Rudolstadt – ayant abandonné toute préséance aristocratique, ceux-ci sont revenus à l'état de zingari, qui était celui de la mère de Consuelo – une musique pour le peuple.

Les Maîtres sonneurs

Roman de formation, comme l'est aussi *Consuelo*, *Les Maîtres sonneurs* (1853) racontent l'itinéraire d'un jeune garçon, Joset, protégé par la petite Brulette et par Tiennet, car il est considéré comme un peu simple d'esprit dans son village ; il se révélera un musicien hors pair. Il va avoir la révélation de la musique grâce à la cornemuse de Huriel, un muletier de passage à Saint-Chartier. Sur son conseil, il quitte le village et va parfaire son éducation musicale chez le père de Huriel, le Grand Bûcheux. Il y tombe malade, est soigné par Thérence, la sœur de Huriel ; Brulette et Tiennet sont appelés à son chevet, il guérit. Avant de revenir au village, il devra subir les attaques d'une société de cornemuseux, jaloux de son talent ; ceux-ci lui font subir une dangereuse parodie d'initiation, fort éloignée de la véritable initiation à la musique qu'il a reçue chez le Grand Bûcheux, dans les mystérieuses forêts du Bourbonnais. Le roman se termine par un double mariage : celui de Brulette avec Huriel, celui de Tiennet avec Thérence. Joset reste seul ; on retrouve sa cornemuse en débris, il a été assassiné.

Grand roman sur la musique populaire, *Les Maîtres sonneurs* contiennent un précieux tableau des mœurs de la campagne, des pratiques musicales, des corporations de musiciens. Deux musiques s'y opposent : celle du Berry, de la plaine, tranquille, un peu trop ; celle du Bourbonnais, de la forêt, âpre, sauvage, vers laquelle vont les préférences de Joset. Le double mariage final symbolise-t-il une réconciliation possible entre la plaine et la forêt, entre les deux musiques, pour parvenir à une harmonie ? Mais le grand musicien qu'est Joset ne parviendra pas à cet équilibre ultime. La violence de l'inspiration peut-elle s'allier au calme de la plaine ?

La fin est mystérieuse, et George Sand laisse planer un doute, qui est l'essence même du fantastique, en proposant une double explication. Rationnelle : Joset est victime de la jalousie des cornemuseux, qui craignent qu'il prenne leur place. Mais elle suggère aussi une explication surnaturelle : Joset a été victime du Diable. Dans une tradition qui va de E. T. A. Hoffmann au *Docteur Faustus* de Thomas Mann, le génie musical a quelques accointances tragiques avec l'au-delà diabolique.

Le récit est pris en charge par Étienne Depardieu, appelé Tiennet quand il était enfant ; il raconte en 1828 des événements qui datent de 1770. Le roman montre que la rupture entre l'Ancien Régime et le XIXe siècle est assez peu sensible dans la campagne profonde. On continue à raconter le soir à la veillée ; et *Les Maîtres sonneurs*, comme *François le Champi*, sont rythmés par cette division, non en chapitres, mais en « veillées ». Trente-deux veillées pour *Les Maîtres sonneurs,* qui ont su conserver le charme de la parole paysanne et de l'oralité.

6 « Tout est l'Histoire »

À propos d'un tissu évoqué dans l'*Histoire de ma vie* (Œ. A., t. I, p. 78), George Sand énonce un principe qui a de quoi réjouir les historiens modernes de la « Nouvelle Histoire », à savoir sa conception large de la réalité historique : celle-ci n'est pas seulement événementielle, elle englobe également le quotidien, ces petites choses de la vie qui en sont la substance même et dont Daniel Roche, dans son *Histoire des choses banales*, a bien montré l'importance. À partir de cette conception, l'autobiographie et le roman peuvent être envisagés dans une nouvelle optique. L'autobiographie n'est plus seulement l'exposé des états d'âme, quoique ceux-ci aussi fassent partie de l'Histoire, et le roman est toujours « historique », quelle que soit la distance temporelle qui sépare le temps de l'écriture de celui du récit.

Histoire de ma vie

L'*Histoire de ma vie* a été commencée par George Sand en 1847, sur l'incitation de l'éditeur Hetzel, mais aussi par besoin de trouver de l'argent pour sa famille (les dettes de son gendre Clésinger, la dot de sa fille adoptive, Augustine). L'auteur en arrête la rédaction pendant les événements de 1848, puis la reprend. Avant d'être publiée en volume, cette autobiographie paraît en feuilleton dans le journal *La Presse*. Les différences qui existent entre le feuilleton et l'ouvrage, les corrections et les ratures que contiennent les manuscrits montrent le soin que l'écrivain a apporté à son texte et aussi les difficultés que Sand a pu éprouver à relater certains épisodes de son passé (ainsi ses rapports avec sa mère), ou à faire son autoportrait.

Le titre de cette autobiographie a déjà de quoi attirer l'attention. Il ne s'agit pas de « Confessions ». L'ombre de Rousseau plane sur tous ces récits de vie du XIXe siècle, qu'il s'agisse de Sand, de Chateaubriand ou de Stendhal. Mais si elle est évoquée, parfois avec un peu d'ingratitude, c'est pour marquer que l'on ne suivra pas ce modèle. Pas question de dire la vérité, toute la vérité, devant un tribunal imaginaire ; l'écrivain est libre de dire ce qu'il veut ; même s'il ne tombe pas ou peu dans l'autofiction, il choisira dans son passé ce qu'il veut bien nous raconter. D'où la grande déception des lecteurs de l'*Histoire de ma vie* qui auraient voulu y trouver des récits d'alcôve. Les amants de George Sand y sont bien peu présents. En revanche, une grande part est faite à l'« Histoire d'une famille de Fontenoy à Marengo » – les batailles ne sont que l'équivalent de dates –, histoire longuement retracée. Sa propre histoire est fortement insérée dans cette Histoire qu'elle a vécue de 1804 à 1848. Elle a voulu faire œuvre d'historien, en collationnant des documents (elle possède beaucoup d'archives de sa famille paternelle). Pour ce qui concerne sa propre vie, elle a aussi des fragments de journaux, des récits de voyage qui permettent de préciser les souvenirs. Mais avoir le sens de l'Histoire, ce n'est pas seulement évoquer la vie passée, c'est aussi avoir conscience du changement ; et George Sand, comme Chateaubriand à la fin des *Mémoires d'outre-tombe*, appelle à ce futur encore inconnu, mais qu'elle pressent très différent du présent.

George Sand s'adresse au lecteur dont cet avenir dépendra en partie. Après avoir exclu le simple curieux, plus ou moins malveillant, elle noue avec le lecteur « bénévole » un vrai lien d'amitié, rêvant de lui être utile. Déjà dans la préface de l'édition de 1843 des *Lettres d'un voyageur*, qui sont elles aussi une sorte d'autobiographie, elle insistait sur ce rôle de l'écriture du moi : « Mon mal est le vôtre. » Et dans les premières pages de l'*Histoire de ma vie*, elle poursuit : « J'ai souffert les mêmes maux, j'ai traversé les mêmes écueils, et j'en suis sorti ; donc tu peux guérir et vaincre » (Œ. A., t. I, p. 10).

Elle entreprend de « raconter sa vie intérieure, la vie de l'âme, l'histoire de son propre esprit et de son propre cœur, en vue d'un enseignement fraternel » (*ibid.*, p. 9). Elle entend établir une histoire des idées de son temps – l'héritage des Lumières, les lendemains de la Révolution, l'Empire, 1830, la montée du socialisme –, reflétée dans une conscience, la sienne. Et son souci d'écrire l'Histoire n'entraîne pas une dépersonnalisation de l'autobiographe, bien au contraire, le moi se construisant dans et par l'Histoire. Son aventure n'est pas seulement celle d'une pensée, c'est aussi un ensemble de sentiments (enthousiasme, spleen, amitiés…), de sensations qu'elle s'efforce de ressusciter dans cette remontée du temps perdu : couleurs, sons, parfums reviennent, grâce à l'écriture, du plus profond de l'enfance, d'Italie et d'Espagne, des rues de Paris et du parc de Nohant.

Roman et Histoire

Consuelo et *Mauprat* sont déjà des romans historiques, si l'on entend par là des romans où le cadre, bien précisé, est situé dans une époque antérieure. La distance d'une dizaine d'années qui sépare le temps du récit de celui de l'écriture dans *Horace* suffit-elle à en faire un roman historique ? Je ne pense pas que cette évaluation d'une distance temporelle soit suffisante. La limite entre le roman historique et le roman situé historiquement serait plutôt à voir dans l'équilibre qui peut exister entre la vie individuelle des personnages et leur insertion dans l'Histoire, ce qui ne veut pas dire qu'ils jouent un rôle historique – prudemment George Sand préfère élire pour héros des inconnus afin de disposer d'une plus grande liberté d'invention. Si l'on accepte cette distinction (parfois un peu ténue), on constatera que l'Histoire est de plus en plus présente dans les œuvres qui suivent 1848 (voir par exemple *Les Beaux Messieurs de Bois-Doré* ou *L'Homme de neige,* de 1858-1859), et dans celles postérieures à 1870 (comme *Nanon,* 1872).

George Sand fait œuvre d'historienne quand elle écrit ces romans. Elle accumule une énorme documentation. Ainsi pour *Les Beaux Messieurs de Bois-Doré*, dont l'action se situe en France au moment des guerres de Religion, elle lit aussi bien *L'Histoire du Berry*, de Raynal, que Michelet ou Henri Martin. Pour *L'Homme de neige*, qui se passe en Suède au XVIIIe siècle, son besoin de documentation est encore plus fort, dans la mesure où elle n'est jamais allée dans ce pays, et notamment dans cette Dalécarlie qu'elle décrit pourtant. Sa puissance de travail nous étonne ; elle met aussi les amis à contribution : ils servent de documentalistes, et il faut qu'ils soient rapides. À Charles-Edmond (Choiecki), elle écrit : « Tâchez de m'envoyer quelque chose d'historique sur le XVIIIe siècle en Suède. Je soupire après ces renseignements, car le roman va plus vite que je ne veux et ne peux le maintenir » (*Corr.*, t. XIV, p. 570).

La publication de l'*Histoire de ma vie* s'est étendue jusqu'en 1855 ; la rédaction des *Beaux Messieurs* et de *L'Homme de neige* commence peu après, dans les années 1856-1857. Ce mouvement de remontée vers le passé qui est un des aspects de l'autobiographie se prolonge donc par le roman. Mais George Sand, soucieuse de suivre l'évolution de son temps, n'entend pas faire des romans à la Walter Scott, comme on en a tant produit en France à l'époque romantique. « J'ai beaucoup cherché pour rester dans l'exactitude historique des moindres coutumes, idées et manières d'agir du temps qui me sert de cadre. Je n'ai pas rattaché ma fable à un point historique qui ne soit exact. Mais tout cela ne fait pas un roman à la Walter Scott. On n'en fait plus » (*Corr.*, t. XIV, p. 378-379).

Situer fortement le roman dans le passé est alors un moyen de répondre à l'exigence de réalisme qui se fait de plus en plus sentir à mesure qu'avance le siècle, sans pour autant renoncer au romanesque : « On veut aujourd'hui des romans, je ne dirai pas de réalisme, mais de réalité, et on a peut-être raison. Mais pour qu'ils soient bons, je trouve qu'il faut qu'ils soient très romanesques » (*Corr.*, t. XIV, p. 683). La couleur historique sera un des éléments de ce romanesque qui mettra l'accent sur la particularité des objets, du langage, d'autant que le roman historique rejoint le roman policier, et que l'objet – tel le poignard longuement décrit dans *Les Beaux Messieurs de Bois-Doré* – est un élément de l'intrigue. De même, le personnage situé dans le passé pourra se voir attribuer des passions plus violentes, pour le bien ou pour le mal. Le héros, Mario dans *Les Beaux Messieurs de Bois-Doré*, Waldo dans *L'Homme de neige*, est un artiste, redresseur de torts, qui découvre et fait découvrir le crime dont ses parents ont été victimes. L'art dévoile la réalité.

Enfin le roman historique est un moyen de déjouer la censure, de répondre à la répression qui fait suite aux mouvements révolutionnaires. *La Daniella* (1857), où sont fortement attaqués l'Église et le clergé, a attiré les foudres sur l'écrivain, à une époque où la liberté de la presse n'existe plus. Ses éditeurs sont méfiants. Dans l'accord qu'elle passe avec *La Presse* pour la publication en feuilleton des *Beaux Messieurs de Bois-Doré*, elle doit promettre : « Ce roman sera complètement étranger aux questions politiques, religieuses ou sociales du temps présent et de l'avenir » (*Corr.*, t. IV, p. 333). Habile parade. En fait il poursuit la lutte contre le fanatisme déjà dénoncé par *La Daniella* : fanatisme anticatholique dans la Suède protestante du XVIIIe siècle, fanatisme antiprotestant dans la France des guerres de Religion.

Nanon

C'est une vue de la Révolution, équilibrée et sans fanatisme, que donne ce grand roman qu'est *Nanon.* Paru en 1872 – George Sand a donc soixante-huit ans –, il témoigne que la capacité de travail et la force d'invention sont intactes chez la romancière. Là aussi, elle a dû réunir une documentation impressionnante, en particulier pour ce qui concerne la Terreur à Châteauroux. Là aussi elle conduit le récit avec une allégresse et une célérité qui nous étonnent. Tout le XIXe siècle a été marqué par cette grande ombre et ce grand espoir que constitue la Révolution française; on peut y voir aussi bien l'origine des tentatives révolutionnaires ultérieures (1830, 1848, 1871) – tentatives dont George Sand a été le témoin, et même actif en 1848 – qu'une des origines du développement des sciences historiques au XIXe siècle. La Révolution hante aussi le roman, qu'elle soit évoquée incidemment (par exemple dans *Le Meunier d'Angibault* ou avec la fin de la féodalité dans *Mauprat*, et bien sûr par les innombrables allusions dans *La Comédie humaine*) ou qu'elle devienne le sujet même de l'œuvre. Par rapport aux *Chouans* de Balzac et à *Quatrevingt-Treize,* de Hugo, *Nanon* offre cette double originalité d'être un roman sur la campagne et le récit d'une paysanne.

Nanon, née en 1775, raconte en 1850 les événements qu'elle a vécus dans son enfance et sa jeunesse. La période prérévolutionnaire est évoquée comme un temps immémorial, où rien ne semble devoir changer: les paysans sont les serfs de l'abbaye de Valcreux, où le jeune Émilien de Franqueville, cadet de famille noble, fait son noviciat. Les nouvelles arrivent lentement. On apprend la prise de la Bastille un jour de marché. George Sand évoque fort bien la Grande Peur dans ce qu'elle a d'irrationnel et de terrifiant, la fête de la Fédération, moment d'exaltation et de bonheur, puis la vente des biens nationaux; Nanon peut devenir propriétaire de sa maison. Le monastère est acheté par un «avocat patriote» de Limoges, Castejoux, qui en confie la garde et la gérance à l'ancien prieur et à Émilien. S'établit alors une communauté heureuse. Le prieur prête serment à la Constitution. Mais arrive la Terreur – selon George Sand, c'est surtout un phénomène urbain. Émilien, qui est venu à Limoges voir Castejoux, est arrêté par Pamphile, ancien moine fanatique, devenu un révolutionnaire aussi intransigeant qu'intéressé. Il n'échappe à la guillotine que grâce à Castejoux, et va vivre avec Nanon, caché en pleine campagne, une idylle jusqu'à la mort de

Robespierre. Il s'engage dans les armées de la République et y perd un bras. Revenu dans sa région, il épouse Nanon ; celle-ci a racheté à Castejoux le monastère de Valcreux et est devenue marquise de Franqueville, tandis que sa sœur Louise, malgré ses préjugés aristocratiques, épouse Castejoux. Le témoin chargé de raconter la fin de Nanon l'évoque ainsi : « Elle me frappa par son grand air sous sa cornette de paysanne qu'elle n'a jamais voulu quitter et qui faisait songer à ces têtes royales du Moyen âge dont les villageoises ont gardé la coiffure légendaire. »

Nanon n'est pas une « paysanne parvenue », quoique l'auteur ait d'abord pensé à ce titre dans la tradition de Marivaux ; elle est le symbole de cette réconciliation des classes que souhaite profondément George Sand, souhait qui s'inscrit dans son rêve des origines, elle qui a réuni dans sa descendance le sang aristocratique et le sang populaire (ce nom même de Franqueville fait songer à Francueil). De la Révolution, George Sand donne une vue complexe. Héritière de la philosophie des Lumières, elle est enthousiasmée par 1789, mais horrifiée par la Terreur, dont elle montre l'atrocité à Limoges. La Révolution a apporté les Lumières dans les campagnes – elle permet à la petite Nanon d'apprendre à lire. Nourrie par les penseurs socialistes, George Sand connaît bien la campagne, mieux que quiconque ; elle sait combien le paysan est attaché à la propriété ; il n'y a aucun rêve de communisme agraire chez ces solides Berrichons, qui sont fidèles à la Révolution parce qu'ils craignent de voir remettre en cause l'achat des biens nationaux.

Ce grand roman n'eut qu'un succès mitigé. Les romans écrits par Sand à la fin de sa vie se vendent moins bien que dans sa jeunesse. *Nanon* cependant a réuni les suffrages de deux maîtres de la nouvelle génération des romanciers : Émile Zola et Gustave Flaubert. Le premier lui consacre un long compte rendu dans *La Cloche* (30 octobre 1872). Il y voit un magnifique « poème en prose » : « Le poète y parle de la grande Révolution dans un cadre d'idylle. C'est toute la vieille France croulant. Sur les ruines poussent le printemps nouveau, les fleurs de la liberté. » Quant à Flaubert, il écrit à George Sand qu'il a, pendant sa lecture, « crié deux ou trois fois malgré [lui] : ‹ Nom de Dieu, comme c'est beau › » (*Correspondance Sand-Flaubert*, p. 405-406).

7 « La gravitation incessante de toutes choses »

L'expérience de la vie

Il est une image simpliste de George Sand dont il convient de se défaire : après 1848, George Sand se serait retirée – elle n'a alors que quarante-cinq ans – à Nohant, qu'elle n'aurait guère quitté jusqu'à sa mort (1876). Presque trente ans de retraite à la campagne ? La réalité est tout autre. Certes Nohant demeure le lieu privilégié, mais il l'a toujours été. À plusieurs reprises cependant, elle s'établit ailleurs : elle fait de nombreux séjours à Gargilesse, qui représente un refuge au calme, loin du tumulte de la famille et des amis ; en 1864, elle accepte même de laisser Nohant à Maurice et à sa femme, et va vivre à Palaiseau pendant plus d'un an en compagnie d'Alexandre Manceau. Elle a toujours eu un pied-à-terre à Paris, 3, rue Racine, puis 97, rue des Feuillantines (90, rue Claude-Bernard). Elle y vient pour voir jouer ses pièces de théâtre, pour retrouver ses amis aux célèbres dîners Magny. Enfin, elle est une voyageuse inlassable, mais surtout en France. De mars à mai 1855 cependant, elle part pour l'Italie, en compagnie de Maurice et de Manceau. Elle va à Rome, puis une quinzaine de jours à la villa Piccolomini à Frascati. En mai-juin 1859, elle fait un tour en Auvergne avec Manceau et la comédienne Bérengère. Après avoir contracté le typhus, fin 1860, elle part en convalescence près de Toulon, à Tamaris, où elle reste quatre mois, en compagnie de Maurice et de Manceau ; puis elle revient par Chambéry et la Savoie. En septembre 1866, voyage en Bretagne ; en 1868, séjour dans le Midi ; visite à Flaubert, à Croisset, en 1868 (elle y était déjà allée en 1866). Deux courts voyages dans les Ardennes en 1867. On le voit, même si les absences loin de Nohant sont d'assez courte durée, elles restent nombreuses.

Une activité prodigieuse

Et presque toujours le voyage donne lieu à un roman : le séjour à Rome est à l'origine de *La Daniella* ; l'Auvergne inspire *Jean de la Roche* (1860), *La Ville noire* (1861), *Le Marquis de Villemer* (1861) ; *Tamaris* (1862) se passe dans le Midi ; *Cadio* (1868) est riche de souvenirs de la Bretagne ; le voyage dans les Ardennes donne naissance à *Malgrétout* (1870). Les séjours à Gargilesse ont inspiré *Promenades autour d'un village*. La création littéraire des trente dernières années de la vie de Sand est prodigieusement variée, et nous avons essayé d'en donner une idée dans les chapitres précédents. Si l'on ajoute aux romans la correspondance, la fin de l'*Histoire de ma vie*, des collaborations à de nombreux journaux, des préfaces qu'on lui demande et qu'elle accepte d'écrire, des essais, *Souvenirs et impressions littéraires* (1862), *Journal d'un voyageur pendant la guerre* (1871), *Nouvelles Lettres d'un voyageur* (1877), on ne peut qu'être stupéfait par sa vitalité juvénile, par son ouverture aux transformations du monde, par son désir de rester en contact avec un public toujours plus vaste. C'est aussi pendant ces années qu'elle entreprend une édition à bon marché de ses œuvres illustrées par Tony Jouhannot.

Le secret de cette éternelle jeunesse, c'est peut-être la générosité, la force des amitiés, la curiosité pour les êtres et pour les choses. Ses amis ? hélas ils sont nombreux à disparaître durant ces trois décennies: Marie Dorval, Chopin, Mme Marliani, Balzac, Latouche, Néraud, Rollinat, Bocage, Delacroix, Sainte-Beuve, pour ne parler que des plus marquants. Et pourtant, tel Valmarina après la mort de Lélia, elle prend son bâton de pèlerin et se remet en route. Par ailleurs, le nombre de ceux qui viennent à Nohant est impressionnant : des comédiens (Bérengère...), des écrivains (Gautier, Flaubert, Tourgueniev, Dumas fils – celui qu'elle appelle « mon fils » et qui lui rapportera de Pologne ses lettres à Chopin). Cette tendance maternelle s'accentue évidemment avec l'âge, et ses dernières années sont rajeunies par son affection amoureuse pour Alexandre Manceau. « Je me sens transformée, je me porte bien, je suis heureuse », confie-t-elle alors à Hetzel. « Secrétaire intime », d'un dévouement à toute épreuve – à son tour, elle le soignera lorsqu'il succombera en 1865 à la tuberculose – Manceau a tenu très fidèlement les « Agendas » de George Sand, qui sont le journal de ces années vécues avec lui.

La découverte, grâce à Georges Lubin, de la correspondance intégrale montre aussi que la famille a tenu dans sa vie une place plus grande que celle longtemps imaginée. Elle va découvrir l'art d'être grand-mère, ses joies et ses douleurs. Les rapports avec sa fille, mal mariée avec le sculpteur Clésinger, avaient toujours été difficiles ; George Sand a aimé passionnément sa petite-fille Jeanne (« Nini »), mais qui malheureusement mourra enfant. Son fils épousera Lina Calamatta, belle-fille idéale, qui veilla même à la conservation des manuscrits de George Sand. Maurice et Lina eurent deux petites filles, Aurore (1866) et Gabrielle (1868), destinataires des *Contes d'une grand'mère.*

La curiosité de George Sand est sans cesse en éveil. Elle s'était toujours intéressée aux coutumes du Berry. Elle fait œuvre d'ethnologue en publiant dans *L'Illustration* une série d'articles intitulée « Mœurs et coutumes du Berry ; Les Visions nocturnes dans les campagnes ». Elle entreprend avec Maurice des recherches sur la littérature orale et recueille « ce grand poème du merveilleux », poursuivi d'âge en âge, et dont elle donnera une approche dans les *Contes d'une grand'mère.* Elle se fait aussi historienne de l'art et sauve les fresques du XIIe siècle de l'église de Vicq, en faisant intervenir Mérimée. Quand elle était enfant, Deschartres l'avait initiée à la botanique ; en vieillissant, tels Rousseau et Goethe, elle se passionne pour le monde végétal, pour la minéralogie aussi, d'où naîtra *Laura.*

Tant d'activités différentes ne constituent pas un éparpillement ; sa réflexion s'approfondit au contraire devant cette diversité des êtres et du monde. La correspondance avec Flaubert est aussi le lieu où elle consigne cet approfondissement et cette sagesse vers laquelle elle tend. Elle s'est détachée du catholicisme, dont le fanatisme renaissant la révolte – ce qu'elle exprime dans *La Daniella* ou dans *Mademoiselle La Quintinie.* Elle se rapproche du protestantisme, qui lui semble laisser plus de liberté à la pensée, et refuse le joug de l'Église. Maurice et Lina se font bénir par un pasteur protestant. À vrai dire, sa religion a toujours été, on l'a vu, celle de la *Profession de foi du vicaire savoyard*, un déisme teinté de panthéisme, où la communion avec la Nature englobe une communion avec l'humanité, sans les déceptions qu'a connues Rousseau. Plus elle avancera dans la vie, plus elle voudra « se désindividualiser » ; dans une longue lettre à David Richard qui est une profession de foi, elle affirme : « Mon idéal n'est pas moi. J'ai été pénétrée en naissant d'un rayon qui ne venait pas de moi, et, dans ce rayon, je ne vois que celui qui me l'a donné » (*Corr.*, t. XIII, p. 314). Dans une lettre à Flaubert du 12 janvier 1876, donc peu avant sa mort, elle formule ainsi sa morale : « Ne pas se placer derrière la vitre opaque par laquelle on ne voit rien que le bout de son nez. Voir aussi loin que possible, le bien, le mal, auprès, autour, là-bas, partout ; s'apercevoir de la gravitation incessante de toutes choses tangibles et intangibles vers la nécessité du bien, du bon, du vrai, du beau » (*Correspondance Sand-Flaubert*, p. 515-516). Croit-elle à la métempsychose ? À Flaubert qui s'amusait à énumérer toutes les « individualités disparues » qu'il portait en lui (*ibid.*, p. 81), elle répondait : « Si on ne se rappelle rien de distinct, on a un sentiment très vif de son propre renouvellement dans l'éternité [...]. Moi je crois que j'étais végétal ou pierre » (*ibid.*, p. 83). Ce qui implique une certaine morale esthétique. L'artiste est-il homme ou femme ? il est essentiellement androgyne. Il doit surtout laisser chanter en lui l'univers, sans trop se contraindre. « Le vent joue de ma vieille harpe comme il lui plaît d'en jouer. Il a ses *hauts* et ses *bas*, ses grosses notes et ses défaillances, au fond ça m'est égal pourvu que l'émotion vienne, mais je ne peux rien trouver en moi. C'est l'*autre* qui chante à son gré, mal ou bien, et quand j'essaie de penser à ça, je m'en effraie et me dis que je ne suis rien du tout » (*ibid.*, p. 102-103).

Laura

Le sous-titre, *Voyage dans le cristal*, fait songer à Jules Verne, qui, la même année (1864), publie son *Voyage au centre de la Terre* chez Hetzel, ami de George Sand. *Laura* manifeste cette capacité de renouvellement et cette curiosité sans bornes de l'écrivain. Le narrateur a fait la connaissance d'un marchand, M. Harz, qui est aussi un naturaliste ; ce dernier lui passe un « manuscrit jauni » ; il s'agit du journal de jeunesse de ce M. Harz, dont le prénom, Alexis, a de quoi nous alerter : c'était le prénom d'un moine dans *Spiridion*. Apprenti minéralogiste, Alexis s'est épris de sa cousine, Laura, venue en vacances chez son oncle, le savant Tungsténius. Pour tâcher de gagner son cœur, il part à la recherche de la géode polaire avec Nasias, qui serait le père de Laura. Après avoir connu l'Éden, Nasias meurt accidentellement et Laura se substitue à lui. Alexis épousera finalement Laura. Ce voyage fabuleux n'était qu'un rêve au centre de la matière. Nouvelle fantastique qui se situerait dans le prolongement des *Sept Cordes de la lyre* et dans la mouvance du romantisme allemand, *Laura* annonce l'essor du roman scientifique et de science-fiction ; ce livre est surtout pour George Sand l'occasion d'exprimer son émerveillement devant le monde minéral : améthystes, saphirs et diamants illuminent ce voyage fantastique et brillent dans la prose de George Sand de tout leur éclat.

Contes d'une grand'mère

C'est aussi ce don d'émerveillement qui apparaît dans les *Contes d'une grand'mère*, parus en deux séries (1873 et 1876), émerveillement devant les phénomènes naturels, mais aussi devant la fée Électricité. Le merveilleux est de tous les jours, mais il faut savoir le voir. Le féerique ne consiste pas en une libération des lois de la nature, mais au contraire dans la découverte de ces lois. Ces contes appartiennent au registre du merveilleux, non du fantastique, si l'on excepte peut-être « L'orgue du Titan », qui a quelques aspects hoffmanniens (ici le héros est un artiste : l'enfant s'est révélé musicien sur ces orgues que forment les laves de basalte). Mais la plupart du temps, le héros se contente d'un regard émerveillé, et ce regard est déjà beaucoup.

Savoir voir, mais plutôt savoir entendre ces voix mystérieuses de la nature. « J'ai trahi pour vous le secret du vent », dit la conteuse (t. II, p. 141). Certains titres sont bien caractéristiques : « Le chêne parlant » ou encore « Ce que disent les fleurs ». Dans ce conte, une petite fille croit entendre parler les fleurs ; son précepteur pense qu'elle est malade, mais la grand-mère tranche le débat : « Je vous plains, si vous n'avez jamais entendu ce que disent les roses. Quant à moi, je regrette le temps où je l'entendais. C'est une faculté de l'enfance. Prenez garde de confondre les facultés et les maladies » (t. I, p. 19). Ces contes, George Sand les a essayés sur ses propres petites-filles au cours des soirées à Nohant. La voix de la conteuse reprend et prolonge cette voix de la nature, et l'oralité de ces textes est un de leurs charmes. George Sand, ici, ne fait pas œuvre de folkloriste ; elle invente, mais en retrouvant souvent les structures, le rythme des contes populaires (sensibles également dans certains romans paysans, tel *François le Champi*). « Il y avait une fois… » La dernière œuvre d'une femme qui a tant écrit est un hymne à la parole.

Les *Contes* sont bien autre chose qu'un jeu. En un sens, ils apportent, à la veille de la mort, une conclusion sereine à une vie longue et si active. La « Fée poussière » explique : « Je sème la destruction pour faire pousser le germe. Il en est ainsi de toutes les poussières, qu'elles aient été plantes, animaux ou personnes. Elles sont la mort après avoir été la vie, et cela n'a rien de triste, puisqu'elles recommencent toujours, grâce à moi, à être la vie après avoir été la mort. » En partant, la fée laisse un morceau de sa robe de bal : « Je fus émerveillée ; il y avait de tout ; de l'air, de l'eau, du soleil, de l'or, des diamants. [...] au milieu de ce mélange de débris imperceptibles, je vis fermenter je ne sais quelle vie d'êtres insaisissables qui paraissaient chercher à se fixer quelque part pour éclore ou pour se transformer, et qui se fondirent en nuage d'or dans le rayon rose du soleil levant » (Éd. de l'Aurore, t. II, p. 162-163).

Chronologie

1804

Le 1er juillet, naissance d'Amandine-Aurore-Lucile Dupin, future George Sand, fille de Maurice Dupin et d'Antoinette-Sophie-Victoire Delaborde.

1808

La petite Aurore rejoint son père, militaire de carrière, en Espagne. En septembre, celui-ci meurt des suites d'un accident de cheval près de Nohant.

1808–1818

Aurore, hormis quelques visites faites à sa mère à Paris, passe son enfance à Nohant auprès de sa grand-mère paternelle.

1818–1819

Pensionnaire au couvent des Augustines à Paris.

1820

Retour dans le Berry.

1821

Mort de Mme Dupin de Francueil, grand-mère d'Aurore.

1822

Mariage avec Casimir Dudevant.

1823

Naissance de son fils, Maurice Dudevant. Il prendra plus tard le nom de Maurice Sand.

1825

Voyage dans les Pyrénées. Aurore fait la connaissance d'Aurélien de Sèze.

1827

Voyage en Auvergne. Liaison avec Ajasson de Grandsagne.

1828

Naissance de sa fille Solange.

1830

Séjours à Paris.

1831

Écriture, en collaboration avec son amant Jules Sandeau, d'une nouvelle, *La Prima Donna*, et de deux romans, *Le Commissionnaire* et *Rose et Blanche*.

1832

Publication d'*Indiana*, signé « G. Sand », puis de *Valentine* sous le pseudonyme de « George Sand ».

1833

Publication de *Lélia*. Début de la liaison avec Musset. Départ pour Venise.

1834
Séjour à Venise, puis retour en France avec Pagello. Intense activité littéraire.

1835
Fin de la liaison avec Musset.

1836
Publication de *Simon*. Voyage en Suisse avec Liszt et Marie d'Agoult.

1837
Publication en volume des *Lettres d'un voyageur* et de *Mauprat*.

1838
Publication de *La Dernière Aldini* et des *Maîtres mosaïstes*. Début de la liaison avec Chopin. Séjour à Majorque.

1839
Retour en France. Publication de *Spiridion*, de *L'Uscoque* et d'une nouvelle version de *Lélia*.

1840
Publication des *Sept Cordes de la lyre* et du *Compagnon du tour de France*.

1841
Publication de *Horace*. Création avec Leroux et Viardot de la *Revue indépendante*.

1842
Publication d'*Un hiver à Majorque* et de *Consuelo*.

1843
Début de *La Comtesse de Rudolstadt*, suite de *Consuelo*.

1844
Publication de *Jeanne*.

1845
Publication du *Meunier d'Angibault* et du *Péché de monsieur Antoine*.

1846
Publication de *La Mare au diable*.

1847
Début de la rédaction de l'*Histoire de ma vie*.

1848
George Sand se mêle à la vie politique : « Lettres ouvertes ». Publication de *La Petite Fadette*.

1849
Représentation de *François le Champi* à l'Odéon.

1850
Début de la liaison avec Manceau.

1851
Claudie est jouée au théâtre de la Porte Saint-Martin. Publication du *Château des Désertes*.

1853
Publication des *Maîtres sonneurs*.

1854
Début de la publication de l'*Histoire de ma vie* dans *La Presse*.

1857
Publication de *La Daniella*.

1858
Publication des *Beaux Messieurs de Bois-Doré* et de *L'Homme de neige.*

1859
Publication de *Elle et Lui.*

1860
Publication du *Marquis de Villemer.*

1862
Publication de *Tamaris.*

1863
Publication de *Mademoiselle La Quintinie* et début de la correspondance avec Flaubert.

1864
Grand succès du *Marquis de Villemer* à l'Odéon. Publication de *Confession d'une jeune fille.*

1865
Publication de *Monsieur Sylvestre* et de *Laura.*

1866
Publication du *Dernier Amour.*

1867
Publication de *Cadio.*

1870
Publication de *Malgrétout.*

1871
Publication du *Journal d'un voyageur pendant la guerre.*

1872
Publication de *Nanon.*

1873
Publication des *Contes d'une grand'mère.*

1874
Publication de *Ma sœur Jeanne.*

1875
Publication de *Flamarande* et de *La Tour de Percemont.*

1876
Le 8 juin, mort de George Sand.

Aurore Dupin, future George Sand, enfant.
Dessin de J. L. F. Deschartres. **1**

Aurore épouse François (dit Casimir) Dudevant en 1822 et le quittera définitivement en 1835.
M. et Mme Dudevant par François Biard. **2**

Le fils de George Sand, en qui on a pu voir son « véritable amour », naît en 1823 – plus tard il prendra le nom de Maurice Sand.
Maurice Dudevant, en 1831, dessin de George Sand. **3**

Solange, fille de George Sand et (probablement)
de Stéphane Ajasson de Grandsagne, naît en 1828.
Dessin d'Alfred de Musset (1834). **4**

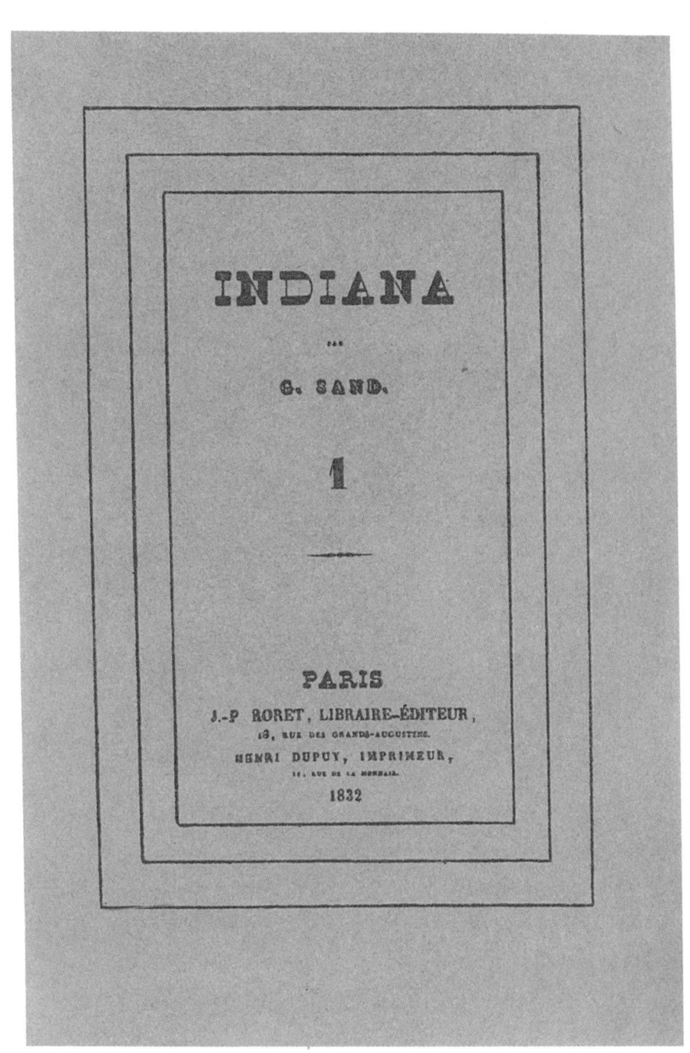

INDIANA

G. SAND.

1

PARIS

J.-P RORET, LIBRAIRE-ÉDITEUR,

13, RUE DES GRANDS-AUGUSTINS.

HENRI DUPUY, IMPRIMEUR,

1832

Couverture d'*Indiana* signée « G. Sand » ; de là, au fil des ouvrages publiés, ce sera « Georges Sand » puis « George Sand ».
Indiana, *édition originale de 1832.* **5**

Château de Nohant : Bureau-placard où George Sand écrivit *Indiana*. **6**

a liaison de George Sand avec Alfred de Musset
urera de 1833 à 1835.
utoportrait-charge d'Alfred de Musset (1833). **7**

George Sand à l'éventail.
Dessin d'Alfred de Musset (1833). **8**

Hiver 1837-1838, Honoré de Balzac, en visite à Nohant, et George Sand assistent au « Jeu des bonshommes ». *Dessin de Maurice Sand* (1837).

Éventail d'Auguste Charpentier et George Sand. **10**

1 Félicien Mallefille
2 George Sand
3 Frédéric Chopin
4 Frantz Liszt
5 Eugène Delacroix
6 Enrico
7 de Bonnechose
8 Auguste Charpentier
9 Cte Albert Grzymala
10 Pierre Bocage
11 Emmanuel Arago
12 Maurice Sand
13 Luiggi Calamatta
14 Charles Didier
15 Michel de Bourges
16 Solange Sand

La liaison de George Sand avec Chopin débute au printemps 1838. Au mois de juin, leur ami Eugène Delacroix les portraiture sur une même toile.
Le tableau, resté inachevé, sera ensuite séparé en deux fragments.
George Sand et Frédéric Chopin par Eugène Delacroix (reconstitution). **11**

Sand et Chopin passent l'hiver 1838-1839 sur l'île de Majorque.
Valldemosa, La Chartreuse, dessin de Maurice Sand. **12**

En 1864, George Sand publiera *Le Théâtre de Nohant*, ouvrage réunissant textes de pièces, canevas à la façon du théâtre italien, et textes théoriques sur les marionnettes.
Le théâtre de marionnettes de Nohant. **13**

En 1848, George Sand soutient la candidature
de Ledru-Rollin à la présidence de la République.
Charge Anonyme. **14**

Fin 1849, George Sand se tourne de plus en plus vers le théâtre. Elle expérimente ses pièces sur la petite scène de Nohant.
La troupe de Nohant, dessin de Maurice Sand (1850). **15**

Victor LECOU, éditeur, rue du Bouloi, 10.

HISTOIRE

DE MA VIE

PAR

GEORGE SAND

Format in-8°. — Prix : 7 fr. 50 c. le vol.

EN VENTE ICI.

Paris. Typographie Plon frères, 8, rue Garancière.

Lancement d'*Histoire de ma vie* (1855).
Affiche de librairie. **16**

En 1857, pour échapper à Nohant, trop fréquenté, George Sand se réfugie à Gargilesse. Elle y écrira la majeure partie des romans, essais et pièces qu'elle produira jusqu'en 1862.
Maison de Gargilesse, dessin de Maurice Sand (1858).

à mon cher
Gustave Flaubert
son vieux troubadour
G Sand.

ŒUVRES

DE

GEORGE SAND

IMPRESSIONS ET SOUVENIRS

Impressions et Souvenirs, Michel Lévy frères, 1873.
Envoi de George Sand à Gustave Flaubert. **18**

Dessins et montage (photo de Nadar) par Carlo Gripp.

Bibliographie sommaire

Œuvres de George Sand

Une édition des œuvres complètes de George Sand est à paraître, sous la direction de Béatrice Didier, chez Honoré Champion.

Romans, théâtre et récits (disponibles)

André. Éd. de l'Aurore, coll. « Œuvres de George Sand », Grenoble, 1987, ISBN 2-903950-19-9

Antonia. Actes Sud, coll. « Babel », Arles, 2002, ISBN 2-7427-3821-5

Le Beau Laurence. Safrat, Morsang-sur-Orge, 1990, ISBN 2-906357-31-6

Les Beaux Messieurs de Bois-Doré. Éd. de l'Aurore, coll. « Œuvres de George Sand », Grenoble, 1990, 2 vol., ISBN 2-903950-40-7, 2-903950-41-5

Carnets de voyages à Gargilesse. Christian Pirot, coll. « Itinéraire d'écrivain », Saint-Cyr-sur-Loire, 1999, ISBN 2-86808-138-X

Le Château des Désertes. Éd. de l'Aurore, coll. « Œuvres de George Sand », Grenoble, 1985, ISBN 2-903950-13-X

Claudie suivi de *Molière*. Indigo et Côté-Femmes, Paris, 1998, ISBN 2-911571-30-4

Le Compagnon du tour de France. Presses universitaires de Grenoble, Saint-Martin-d'Hères, 1988, ISBN 2-7061-0162-8

La Comtesse de Rudolstadt. Phébus, coll. « Libretto », Paris, 1999, ISBN 2-85940-638-7

Consuelo. Phébus, Paris, 1999, ISBN 2-85940-575-5

Contes d'une grand'mère. Première série. Éd. de l'Aurore, Grenoble, 1982, ISBN 2-903950-01-6. Deuxième série. Glénat, coll. « L'aurore », Grenoble, 1995, ISBN 2-7234-2071-X

Contes d'une grand'mère. Garnier-Flammarion, coll. « GF », Paris, à paraître en mars 2004

Cosima ou la Haine dans l'amour suivi de *Le roi attend* et *François le Champi*. Indigo et Côté-Femmes, coll. « Des femmes dans l'histoire », Paris, 1997, ISBN 2-911571-13-4

La Daniella. Éd. de l'Aurore, coll. « Œuvres de George Sand », Grenoble, 1992, 2 vol., ISBN 2-903950-59-8, 2-903950-60-1

Elle et Lui. Éd. du Seuil, coll. « Points », Paris, 1999, ISBN 2-02-038129-X

La Filleule. Éd. de l'Aurore, Grenoble, 1989, ISBN 2-903950-38-5

François le Champi. LGF, Le Livre de poche, coll. « Classiques de poche », Paris, 1999, ISBN 2-253-01346-3

Françoise suivi de *Comme il vous plaira.* Indigo et Côté-Femmes, Paris, 1999, ISBN 2-911571-59-2

Un hiver à Majorque. LGF, Le Livre de poche, Paris, 2004, ISBN 2-253-03394-4

L'Homme de neige. Éd. de l'Aurore, coll. « Œuvres de George Sand », Grenoble, 1990, 2 vol., ISBN 2-903950-46-6, 2-903950-47-4

Horace. Éd. de l'Aurore, Grenoble, 1982, ISBN 2-903950-00-8

Indiana. Gallimard, coll. « Folio classique », Paris, 1984, ISBN 2-07-037604-4

Jeanne. Glénat, coll. « L'aurore », Grenoble, 1993, ISBN 2-7234-1700-X

Laura. Voyage dans le cristal. Ombres, coll. « Petite bibliothèque Ombres », Toulouse, 1993, ISBN 2-905964-72-3

Légendes rustiques. Christian Pirot, coll. « Le voyage immobile », Saint-Cyr-sur-Loire, 2000, ISBN 2-86808-150-9

Lélia (1833). Garnier, coll. « Classiques Garnier », Paris, 1986, ISBN 2-7370-0167-6; Gallimard, coll. « Folio classique », Paris, 2003, ISBN 2-07-042925-3

Lélia (1839). Éd. de l'Aurore, Grenoble, 1988, 2 vol., ISBN 2-903950-20-2, 2-903950-21-2

Mademoiselle La Quintinie. Slatkine, coll. « Ressources », Genève, 1979

Mademoiselle Merquem. Actes Sud, coll. « Babel », Arles, 1996, ISBN 2-7427-0849-9

Maître Favilla suivi de *Lucie.* Indigo et Côté-Femmes, coll. « Des femmes dans l'histoire », Paris, 2000, ISBN 2-911571-81-9

Les Maîtres sonneurs. Gallimard, coll. « Folio classique », Paris, 1979, ISBN 2-07-037139-5

Malgrétout. Éd. de l'Aurore, coll. « Œuvres de George Sand », Grenoble, 1992, ISBN 2-903950-58-X

La Mare au diable. Flammarion, coll. « GF », Paris, 1975, ISBN 2-08-070035-9 ; LGF. Le Livre de poche, Paris, 1995, ISBN 2-253-00709-9 ; Glénat, coll. « L'aurore », Grenoble, 1998, ISBN 2-7234-2596-7 ; Gallimard, coll. « Folio classique », Paris, 1999, ISBN 2-07-041121-4 ; J'ai lu, coll. « Librio », Paris, 2001, ISBN 2-290-31412-9 ; Pocket, coll. « Classiques », Paris, 2002, ISBN 2-266-12343-2

Le Marquis de Villemer. Éd. De Borée, Romagnat, 2000, ISBN 2-84494-036-6

La Marquise suivi de *Lavinia*, *Metella* et *Mattea*. Actes Sud, coll. « Babel », Arles, 2002, ISBN 2-7427-3822-3

Mauprat. Gallimard, coll. « Folio classique », Paris, 1981, ISBN 2-07-037311-8 ; Flammarion, coll. « GF », Paris, 1993, ISBN 2-08-070201-7

Mauprat suivi de *Flamingo* et *Maître Favilla*. Indigo et Côté-Femmes, Paris, 1997, ISBN 2-911571-20-7

Le Meunier d'Angibault. LGF, Le Livre de poche, Paris, 2004, ISBN 2-253-03653-6

Monsieur Sylvestre. Slatkine, coll. « Ressources », Genève, 1980

Mont-Revêche. Éd. du Rocher, Monaco, 1989, ISBN 2-268-00746-4

Nanon. Éd. de l'Aurore, coll. « Œuvres de George Sand », Grenoble, 1989, ISBN 2-903950-17-2

Le Péché de monsieur Antoine. Éd. de l'Aurore, Grenoble, 1982, ISBN 2-903950-02-4

La Petite Fadette. LGF, Le Livre de poche, coll. « Classiques de poche », Paris, 1999, ISBN 2-253-00374-3 ; Flammarion, coll. « GF », Paris, 2001, ISBN 2-08-070155-X

Le Piccinino. Glénat, coll. « L'aurore », Grenoble, 1994, 2 vol., ISBN 2-7234-1718-2, 2-7234-1719-0

Pierre qui roule. Safrat, Morsang-sur-Orge, 1990, ISBN 2-906357-30-8

Promenade dans le Berry. Mœurs, coutumes, légendes. Complexe, coll. « Le regard littéraire », Bruxelles, 1999, ISBN 2-87027-440-8

Promenades autour d'un village. Christian Pirot, coll. « Le voyage immobile », Saint-Cyr-sur-Loire, 2002, ISBN 2-86808-061-8

Questions d'art et de littérature. Éditions des Femmes, coll. « Écrits d'hier », Paris, 1991, ISBN 2-7210-0417-4

Rose et Blanche ou la Comédienne et la Religieuse. Éd. Les Amis du vieux Nérac, Nérac, 1993, ISBN 2-9503302-4-X

Le Secrétaire intime. Éd. de l'Aurore, Grenoble, 1991, ISBN 2-903950-56-3

Simon. Éd. de l'Aurore, Grenoble, 1991, ISBN 2-903950-49-0

Spiridion. Slatkine Reprints, Genève, 2000, ISBN 2-05-101706-9

Tamaris. Éd. de l'Aurore, coll. « Œuvres de George Sand », Grenoble, 1984, ISBN 2-903950-12-1

Le Théâtre des marionnettes de Nohant. Séquences, Rezé, 1998, ISBN 2-907156-51-9

La Vallée noire. Christian Pirot, Saint-Cyr-sur-Loire, 1998, ISBN 2-86808-119-3

La Ville noire. Éd. De Borée, Romagnat, 1999, ISBN 2-84494-019-6

Œuvres autobiographiques, correspondance et agendas

Les *Œuvres autobiographiques* et l'édition intégrale de la *Correspondance*, par Georges Lubin, ont été publiées respectivement aux éditions Gallimard, coll. « Bibliothèque de la Pléiade », 2 vol., et chez Garnier, coll. « Classiques Garnier », 26 vol.

Agendas. Édition d'Alphonse Chevereau, J. Touzot, Paris, 1990-1993, 6 vol. [vol. 1, 1852-1856, 1990, ISBN 2-86433-035-0/ vol. 2, 1857-1861, 1991, ISBN 2-86433-037-7/vol. 3, 1862-1866, 1992, ISBN 2-86433-039-3/vol. 4, 1867-1871, 1993, ISBN 2-86433-042-3/ vol. 5, 1872-1876, 1993, ISBN 2-86433-043-1/ vol. 6, Index des patronymes, 1993, ISBN 2-86433-044-X]

Correspondance Sand-Flaubert. Édition d'Alphonse Jacobs, Flammarion, Paris, 1981 ; rééd., 1989, ISBN 2-08-211529-1

Correspondance George Sand-Marie d'Agoult. Éd. Bartillat, Paris, 2001, ISBN 2-84100-258-6

Histoire de ma vie. Gallimard, coll. « Bibliothèque de la Pléiade », Paris, 1978, ISBN 2-07-010644-6 ; Stock, coll. « Stock plus », Paris, 1985, ISBN 2-234-01836-6 ; Flammarion, coll. « GF », Paris, 2001, 2 vol., ISBN 2-08-071139-3, 2-08-071140-7; Christian Pirot, coll. « Le voyage immobile », Saint-Cyr-sur-Loire, 10 vol. [vol. 1, ISBN 2-86808-153-3/vol. 2, ISBN 2-86808-073-1/ vol. 3, ISBN 2-86808-084-7/vol. 4, ISBN 2-86808-094-4/ vol. 5, ISBN 2-86808-107-X/vol. 6, ISBN 2-86808-137-1/ vol. 7, ISBN 2-86808-151-7/vol. 8, ISBN 2-86808-174-6/ vol. 9, ISBN 2-86808-191-6/vol. 10, ISBN 2-86808-192-4]

Journal intime. Éd. du Seuil, coll. « L'école des lettres », Paris, 1995, ISBN 2-02-023908-6

Articles politiques

Politique et Polémiques : 1843-1850. Édition de Michelle Perrot, Imprimerie nationale, coll. « Acteurs de l'Histoire », Paris, 1997, ISBN 2-7433-0061-2 ; rééd., Belin, Paris, à paraître en juin 2004

Ouvrages critiques

Études biographiques

Barry, Joseph, *George Sand ou le Scandale de la liberté.* Éd. du Seuil, Paris, 1982, ISBN 2-02-006271-2 ; rééd., coll. « Points », 1992, ISBN 2-02-018927-5

Caors, Marielle, *George Sand et le Berry. Paysages champêtres et romanesques.* Éd. Royer, coll. « Saga Lettres », Paris, 1999, ISBN 2-90867-58-5

Chevereau, Anne, *George Sand. Du catholicisme au protestantisme ?* Anne Chevereau, Anthony, 1988

Chovelon, Bernadette, *George Sand et Solange, mère et fille.* Christian Pirot, coll. « Le voyage immobile », Saint-Cyr-sur-Loire, 1994, ISBN 2-86808-081-2

Guillemin, Henri, *La Liaison Musset-Sand.* Gallimard, coll. « Blanche », Paris, 1972, ISBN 2-07-028183-3

Karénine, Vladimir, *George Sand. Sa vie et son œuvre* (1899-1926). rééd., Slatkine, Genève, 2000, ISBN 2-05-101705-0

Lacassagne, Jean-Pierre, *Histoire d'une amitié : Pierre Leroux et George Sand.* Klincksieck, Paris, 1973, ISBN 2-252-01595-0

Maurois, André, *Lélia ou la Vie de George Sand.* Hachette, Paris, 1952 ; nouv. éd. aug., 1985, ISBN 2-01-011131-1

Poli, Annarosa, *George Sand et les années terribles.* Librairie AG Nizet, Saint-Genouph, 1975

Rambeau, Marie-Paule, *Chopin dans la vie et l'œuvre de George Sand.* Les Belles Lettres, coll. « Histoire et littérature françaises », Paris, 1985, ISBN 2-251-36526-5

Salomon, Pierre, *George Sand.* Hatier, coll. « Connaissance des lettres », Paris, 1968 ; rééd., Éd. de l'Aurore, Grenoble, 1984

Toesca, Maurice, *Le Plus Grand Amour de George Sand : Maurice Sand.* Rieder, 1933 ; nouv. éd., Albin Michel, Paris, 1980, ISBN 2-226-00901-9

Tricotel, Claude, *Histoire de l'amitié Flaubert-Sand. Comme deux troubadours.* CDU-Sedes, 1978, ISBN 2-7181-0727-8

Études critiques

Didier, Béatrice, *George Sand écrivain. Un grand fleuve d'Amérique.* PUF, coll. « Écrivains », Paris, 1998, ISBN 2-13-049325-4

Hecquet, Michèle, *« Mauprat » de G. Sand. Étude critique.* Lyon, Presses universitaires de Lyon, 1981

Marix-Spire, Thérèse, *Les Romantiques et la Musique : le cas George Sand.* Les Nouvelles Éditions latines, Paris, 1955, ISBN 2-7233-1074-4

Mozet, Nicole, *George Sand, écrivain de romans.* Christian Pirot, coll. « Le voyage immobile », Saint-Cyr-sur-Loire, 1997, ISBN 2-86808-106-1

Mozet, Nicole (sous la dir. de), *George Sand, Une correspondance,* Christian Pirot, coll. «Le Voyage immobile», Saint-Cyr sur Loire, 1994, ISBN 2-86808-083-9

Naginski, Isabelle Hoog, *George Sand ; Writing for her life.* Rutgers University Press, 1991. Version française, *George Sand : l'écriture ou la vie.* Honoré Champion, coll. « Romantisme et modernités », Paris, 1999, ISBN 2-7453-0120-9

Poli, Annarosa, *L'Italie dans la vie et dans l'œuvre de George Sand.* Armand Colin, Paris, 1960 ; rééd., Librairie AG Nizet, Saint-Genouph, 1969

—, *George Sand vue par les Italiens.* Didier-érudition, coll. « Publications de l'Institut français de Florence », Paris, 1965

Pommier, Jean, *George Sand et le rêve monastique :* Spiridion. Librairie AG Nizet, Saint-Genouph, 1966

Reid, Martine, *Signer Sand.* Belin, coll. « l'Extrême contemporain », Paris, 2004, ISBN 2-7011-3595-8

Schaeffer, Gérald, *Espace et temps chez George Sand.* La Baconnière, coll. « Langages », Boudry (Suisse), 1981, ISBN 2-8252-0014-X

Schor, Naomi, *G. Sand and Idealism.* New York, Columbia University Press, 1993, ISBN 0-2310-6522-1

Södergard, Östen, *Essai sur la création littéraire de G. Sand d'après un roman remanié :* Lélia. Acta Universitatis Upsaliensis, Uppsala, 1962

Szabó, Anna, *Le Personnage sandien. Constantes et variations.* Studia Romanica, Debrecen, 1991, ISBN 963-471-888-4

Vincent, Marie-Louise, *George Sand et le Berry.* Honoré Champion, Paris, 1919 ; rééd., Slatkine, Genève, 1978

Ouvrages collectifs

Chantier de George Sand; George Sand et l'étranger. Tivadar Gorilovics et Anna Szabó (sous la dir. de), Debrecen, KLTE, 1993

Écritures du romantisme, t.II, *George Sand.* Béatrice Didier et Jacques Neefs (sous la dir. de), Presses universitaires de Vincennes, coll. « Manuscrits modernes », Saint-Denis, 1990, ISBN 2-903981-54-X

George Sand. Simone Vierne (sous la dir. de), CDU-Sedes, 1983, ISBN 2-7181-0506-2

George Sand et l'écriture du roman. Textes réunis par Jeanne Goldin, Paragraphes, Montréal, 1996, ISBN 2-921447-04-5

George Sand et son temps. Hommage à Annarosa Poli. Elio Mosele (sous la dir. de), Slatkine, Genève, 1994 ; rééd., CIRVI, Moncalieri (Italie), 1995, ISBN 88-7760-503-0

Hommage à George Sand. PUF, PARIS, 1969

La Porporina. Entretiens sur Consuelo. Édition de Léon Cellier, Presses universitaires de Grenoble, Grenoble, 1979

Europe, n° 114-115, juin-juillet 1955 ; n° 587, mars 1978

Présence de George Sand, bulletin de l'association Les amis de George Sand, musée de la Vie romantique (16, rue Chaptal, 75009 Paris)

Revue d'histoire littéraire de la France, septembre-octobre 1978 et janvier-février 1979

Revue des sciences humaines, « George Sand », octobre-décembre 1954

Revues consacrées à George Sand

Bulletin de l'association Les amis de George Sand, musée de la Vie romantique (16, rue Chaptal, 75009 Paris).

George Sand studies, Hofstra University (Department of Romance Languages and Literatures, Hofstra University, Hempstead NY 11549, USA).

Présence de George Sand, Éditions de l'Aurore.

Ouvrages partiellement consacrés à George Sand

Bachelard, Gaston, *Terre et les rêveries de la volonté.* José Corti, Paris, coll. « Les massicotés », 2003, ISBN 2-7143-0823-6 (sur *Laura*)

Bowman, Frank Paul, *Le Christ romantique.* Librairie Droz, coll. « Histoire des idées et critique littéraire », Genève, 1973

Chambers, Ross, *La Comédie au château. Contribution à la poétique du théâtre.* José Corti, Paris, 1971 (sur *Le Château des Désertes*)

Claudon, Francis, *La Musique des romantiques.* PUF, coll. « Écriture », Paris, 1992, ISBN 2-13-044627-2
Didier, Béatrice, *L'Écriture-femme.* PUF, 1981 ; rééd., coll. « Écriture », 1999, ISBN 2-13-044102-5
Guichard, Léon, *La Musique et les lettres au temps du romantisme.* PUF, Paris, 1953 ; rééd., Éd. d'Aujourd'hui, coll. « Les introuvables », 1984, ISBN 2-7307-0242-3
Milner, Max (sous la dir. de), *Le Romantisme, 1820-1843.* Arthaud, coll. « Littérature française », Paris, 1973
Montalbetti, Christine, *Le Voyage, le monde et la bibliothèque.* PUF, coll. « Écriture », Paris, 1997, ISBN 2-13-048707-6
Parménie, Antoine, et Bonnier de la Chapelle, Catherine, *Histoire d'un éditeur et de ses auteurs. P. J. Hetzel (Stahl).* Albin Michel, Paris, 1953 ; nouv. éd., 1985, ISBN 2-226-02344-5
Regard, Maurice, *Étude historique et critique. L'adversaire des romantiques, G. Planche,* t. I. Les Nouvelles Éditions latines, Paris, 1956
—, *Correspondance 1808-1957 ; L'adversaire des romantiques, G. Planche,* t. II. Les Nouvelles Éditions latines, Paris, 1956
Rousset, Jean, *L'Intérieur et l'Extérieur. Essai sur la poésie et le théâtre au XVIIe siècle.* José Corti, Paris, 1968 ; rééd., 1988, ISBN 2-7143-0292-0 (sur *Le Château des Désertes*)
Sainte-Beuve, *Causeries du lundi.*
Ségu, Frédéric, *Un romantique républicain, Henri de Latouche 1785-1851.* Les Belles Lettres, Paris, 1931
Taine, Hippolyte, *Derniers Essais de critique et d'histoire.*
Vernois, Paul, *Le Roman rustique de George Sand à Ramuz.* Librairie AG Nizet, Saint-Genouph, 1964
Zola, Émile, *Documents littéraires.*

Ouvrages iconographiques

Alquier, Aline, *George Sand.* Pierre Charron, coll. « Les géants », Paris, 1972
Lubin, Georges, *Album Sand.* Gallimard, coll. « Bibliothèque de la Pléiade », Paris, 1973
—, *George Sand en Berry.* Hachette, coll. « Albums littéraires de la France », Paris, 1967 ; nouv. éd., Complexe, coll. « La mémoire des lieux », Bruxelles, 1992, ISBN 2-87027-455-6
George Sand : visages du romantisme. Bibliothèque nationale de France, Paris, 1977, ISBN 2-7177-1337-9

GEORGE SAND
MAUPRAT

40 "18"
SAND
4 MU

201

MOISELLE LA QUINTINIE GEORGE SAND

840 "18"
SAND
4 MD

EA

george sand
les sept cordes de la lyre

840 "18
SAND
4 SE

George SAND
La Daniella

I-II

840 "18"
SAND
4 DA

George Sand
Adriani

840 "18"
SAND
4 AD

840 "
SAN
4 E

8

Revue de Paris,

Rue des Filles-Saint-Thomas, N. 17.

Paris, le 183

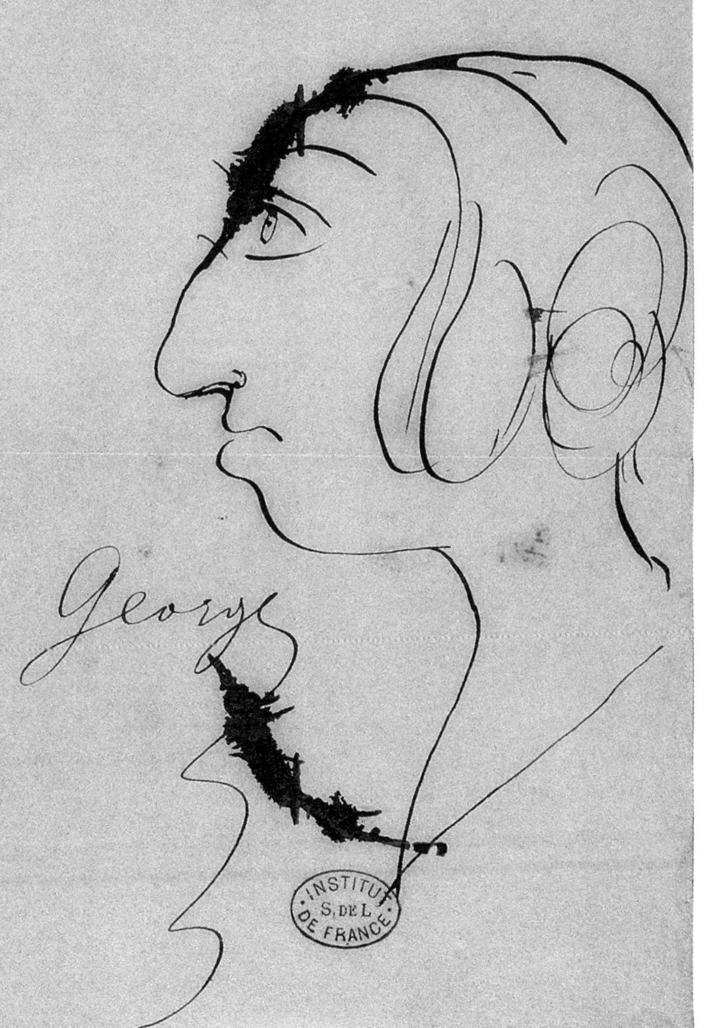

adpf association pour la diffusion de la pensée française •
6, rue Ferrus 75014 Paris.
ecrire@adpf.asso.fr

Design : EricandMarie, Paris
Impression : Art Proofing Gallery, Paris
mars 2004, 12 500 exemplaires

Crédits photographiques : 1 © BNF, Estampes, Paris – 2, 9, 11, 12, 14, 15 © Ph. C.-O. Darré/Lancosme multimédia. Collection musée George-Sand et de la Vallée Noire, La Châtre – 3 © PMUP – 4, 7, 8, 16 © Ph. Gérard Blot/RMN, Bibliothèque de l'Institut, Paris – 5, 19 © Collection Joseph Thibault/Archives départementales et du patrimoine de l'Indre – 6, 13 © Ph. Alain Longchampt/CMN, Paris – 10 © Ph. Ladet, PMVP – 17 © Ph. adpf LG/BHVP, Paris – 18 © Ph. adpf LG/Bibliothèque Gustave-Flaubert, Ville de Canteleu – Page précédente, autoportrait-charge de George Sand © Ph. Gérard Blot/RMN, Bibliothèque de l'Institut, Paris – Rabats intérieur, portrait de George Sand, gravure de N.E. Desmadryl (détail) © PMVP, Paris

Imprimé en France

Dépôt légal : mars 2004

Titres disponibles

André Breton
Architecture en France
Arthur Rimbaud
Balzac
La Bande dessinée en France
Berlioz écrivain
Chateaubriand
Le Cinéma français
Cinquante Ans de philosophie française
 1. Les années cinquante / épuisé
 2. Les années structure, Les années révolte
 3. Traverses
 4. Actualité de la philosophie française
Claude Simon
Des poètes français contemporains
Écrivains voyageurs
L'Essai
L'État
France – Allemagne
France – Arabies
France – Chine
La France de la technologie
Georges Bernanos
Gilles Deleuze
Henri Michaux
Histoire et historiens en France depuis 1945
Hugo
Islam, la part de l'universel
Johannesburg 2002, Sommet mondial du développement durable
Julien Gracq
Lévi-Strauss
Lire la science
Louis Aragon
Marcel Proust
Musiques en France
Nathalie Sarraute
La Nouvelle française contemporaine
La Nouvelle Médecine française
Photographie en France, 1970 - 1995
Romain Gary
Le Roman français contemporain
Sciences humaines et sociales en France
Sport et Littérature
Stéphane Mallarmé
Le Théâtre français
Théâtre français contemporain
Le Tour en toutes lettres
Voltaire